经 典 照 亮 前 程

伤心咖啡馆之歌

The Ballad of the Sad Café

[美] 卡森·麦卡勒斯 著
文泽尔 译

华东师范大学出版社

图书在版编目（CIP）数据

伤心咖啡馆之歌/(美)卡森·麦卡勒斯著；文泽尔译. —上海：华东师范大学出版社，2018
（独角兽文库）

ISBN 978-7-5675-7422-9

Ⅰ.伤… Ⅱ.①卡… ②文… Ⅲ.①中篇小说－小说集－美国－现代 ②短篇小说－小说集－美国－现代 Ⅳ.①I712.45

中国版本图书馆CIP数据核字（2018）第015651号

伤心咖啡馆之歌

著　　者　（美）卡森·麦卡勒斯
译　　者　文泽尔
策划编辑　许　静
项目编辑　乔　健　陈　斌
审读编辑　乔　健
装帧设计　王明童　叶金龙

出版发行　华东师范大学出版社
社　　址　上海市中山北路3663号　邮编200062
网　　址　www.ecnupress.com.cn
电　　话　021-60821666　行政传真　021-62572105
客服电话　021-62865537
门　　市　（邮购）电话　021-62869887
地　　址　上海市中山北路3663号华东师范大学校内先锋路口
网　　址　http: //hdsdcbs.tmall.com

印 刷 者　安徽新华印刷股份有限公司
开　　本　850×1168　32开
印　　张　6.75
字　　数　123千字
版　　次　2018年3月第1版
印　　次　2018年3月第1次
书　　号　ISBN 978-7-5675-7422-9/I.1853
定　　价　38.00元（精装）

出 版 人　王　焰

目录

伤心咖啡馆之歌

这小镇本身很是沉闷：除了一间棉纺厂、工人们住的一些两居室房子、几株桃树、一座有两扇花窗的教堂，还有一条凄凉的只有几百码长的主商业街外，就再没有多少其他东西了。每逢星期六，附近一些农庄的佃户们便会到城里来，聊聊天，卖卖东西，度过这一天。除此之外的时间，小镇是寂寥的、忧伤的，仿佛一块极为偏僻、与这个世界其他所有地方都隔绝的飞地。最近的火车站位于社会城，灰狗长途巴士和白色长途巴士的线路均经过佛克斯弗斯路，那条公路离小镇有三英里远。此地的冬季短暂而凛冽，夏季烈日耀眼，热得跟着了火似的。

如果你选择八月份的某个下午在小镇主街上走，那你肯定找不到任何事情可供消遣。这里最大的一栋建筑物坐落在小镇的中心位置，被木板钉得严严实实的，向右倾斜得十分严重，仿佛随时都会倒塌。房屋本身十分老旧。初见它时，会有一种奇异的、分崩离析似的观感，使人捉摸不透，感到莫名其妙。看着看着，你会突然意识到，原来，这栋房子前门廊的右边和墙壁的一部分是重新刷过漆的——很久以前刷的，可是并没有漆完，就这样搁置在那儿了。于是，房子的一边就比另一边看起来更暗更脏些。建筑看起来似乎已经完全废弃了。不过，二楼尚有一扇没有被钉上木板的窗户：下午晚些时候，热浪侵袭最恐怖的时分，偶尔会有一只手从窗户里面伸出来，慢慢打开百叶窗，然后是一张脸，向外俯瞰小镇。那是这样的一张脸，如同人们在梦中才会见到的、那些看起来恐怖又模糊的脸庞——分辨不出是男还是女，面色苍白，两只灰色眼球是斗鸡眼，瞳孔之间凑得那么近，仿佛正在交换一个悠长又神秘的哀怨凝视。那张脸通常会在窗口徘徊一个小时左右，然后，百叶窗又重新关上，自此，主街上似乎就连半个鬼影都见不到了。这些八月的下午时光呐——当你干完活儿，下班之后，就完全没有任何事情可做了；与其耗在这儿，还不如一路走到佛克斯弗斯路，去听那些戴着镣铐、被铁链串成一串的苦刑犯们唱歌呢。

不过，就是在这样的一个镇子上，也是有过一间咖啡馆的。这栋如今已用木板钉上的老旧房子，当年在方圆若干英里内，也称得上是独一无二。这里曾经摆放着铺好桌布、放有纸巾的餐桌，电风扇前的装饰彩带迎风飘扬，每个星期六晚上总是聚满了人。这地方的主人是艾米丽娅·埃文斯小姐。不过，真正令这里经营成功、生意红火的最大功臣，却是一个被人们称为莱蒙表哥的驼背人。还有另一个人也参与了这间咖啡馆的故事——他是艾米丽娅小姐的前夫，这是个狠角色，在监狱里蹲了很长时间，出狱后回到小镇，带来毁灭性的后果，接着又一走了之。咖啡馆关门大吉，距今已有很长时间了，但却依旧为人们所铭记。

这个地方并非一直都是咖啡馆。最开始时，艾米丽娅小姐是从她父亲那里继承下来这一整栋建筑的，这里最初是一间主营饲料、鸟粪肥料，以及诸如食物和鼻烟这类日常用品的店铺。艾米丽娅小姐很有钱。除了这家店铺之外，她还在三英里开外的沼泽地里运作一间蒸馏酿酒作坊，蒸馏器里流出来的是全县最好的酒。她是个深色皮肤、个子高大的女人，骨骼和肌肉都生得跟男人相似。她头发剪得很短，可以直接从额头往后面梳起来扎住，那张被太阳晒得黝黑的脸上，始终浮现出紧张而憔悴的神情。如果只是这样——如果她不是还有一点点斗鸡眼的话，那也还称得上是个漂亮女人，原本也会有挺多人向她求爱的，但是艾米丽娅小姐对男人们所表达出的爱意没有丝毫兴趣，她是个性格孤僻的人。她的婚事，跟这个县里其他任何人的婚事都不一样——这是一次怪诞又危险的婚姻，仅仅维持了十天，令整个镇子都为之惊诧。除了这桩古怪婚事，艾米丽娅小姐从来都是独自一个人生活。她常常整个晚上都耗在沼泽地的作坊棚屋里，穿着工装裤和橡胶长筒靴，默默地守护着蒸馏器下方的火苗。

凭着一双什么事儿都能做的巧手，艾米丽娅小姐的生活过得蒸蒸日上。她在邻近的小镇叫卖自制的肠衣和香肠。晴朗秋日里，她把高粱磨碎，制成糖浆。她做的糖浆瓶瓶都是暗金色，散发出雅致地道的香味。她只花了两个礼拜时间，就在自家仓库后面用砖头建起了一个独立洗手间。她还很擅长木工手艺。在这世界上，唯有与人相处这件事会令艾米丽娅小姐觉得举步维艰。人这种东西，如果不是彻底失去了意识或是重病缠身，你是没办法把他们一下子抓过来，在一夜之间就捣鼓成卖得出钱、有利可图的玩意儿的。因此，在艾米丽娅小姐看来，除了自己之外，其他人存在的唯一用途，就是从他们身上可以赚到的钱。在这一点上她是很成功的。她用抵押贷款的方式买了大片农田，还有不动产：一间锯木厂，从银行账户的钱来看，她是方圆数英里内最富有的女人。如果不是因为性格上存在一个重大缺陷，她是可以跟国会议员一样富的，这个缺陷就是——她对诉讼和法庭抱有极大的热忱。她这个人，哪怕是为了微不足道的小事，也甘愿被卷入到漫长而痛苦的官司当中。有人曾经这样说过，哪怕艾米丽娅小姐在路上被一块石头给绊了一下，她也会本能地四下看看，找点什么由头，狠狠地打上一场官司。除了打官司之外，她过着千篇一律的生活，每一天都跟前一天差不多。除了那场为期十天的婚姻，她的生活再没有发生什么变化，一直到艾米丽娅小姐三十岁那年的春天。

那时在四月份里一个温和又安静的夜晚，时间已临近午夜。天空跟蓝色沼泽鸢尾花的颜色相仿，月亮清澈而明亮。在春天的润泽之下，庄稼生长得不赖，过去几个星期里，工厂彻夜无休。小溪下游那座四四方方、用砖块砌成的厂房里，黄色灯光氤氲，织布机发出微弱而平稳的嗡嗡声。正是在这样的一个夜晚，在黑暗的田野里，当你听到远方某个黑人正唱着一首悠扬慢歌，走在去做爱的路上时，你会觉得这感觉真不坏。哪怕只是静静坐下来，弹弹吉他，或者只是独自一人休息，什么也不去想，那也是很愉快的。那天晚上的街道仿佛被人们遗弃了，但独独艾米丽娅小姐的店铺还亮着灯。门外走廊上有五个人：其中一个是“矮墩墩”麦克费尔，一个工头，红色脸庞，手很漂亮；最高一级台阶上是两个穿着工装裤的男孩，雷尼家的双胞胎——他们两个体态瘦长，动作迟缓，发色泛白，绿色眼眸看起来昏昏欲睡；还有一个男人是亨利·梅西，一个羞怯而胆小的人，性情温顺，神经紧张，坐在最下一级台阶的边缘位置。艾米丽娅小姐本人就站在敞开的大门旁边，双脚交叉，穿着在沼泽里走路用的大雨靴，十分耐心地解着自己随手捡来的一根绳子上打着的绳结。他们彼此之间已经好半天没有交谈了。

两个双胞胎当中，一直都在俯视着空荡荡的道路的那个，是这会儿第一个开口讲话的人。他说：“我看到有什么东西正往这边走过来。”

他的兄弟说："那是一头小牛走散了。"

逐渐接近的那团轮廓仍旧太过遥远，并不能很清楚地看到那究竟是什么。路边开花的桃树，在月光下投射出暗淡扭曲的影子。花香，还有甜美的春草气味，跟附近环礁湖泊散发出来的酸臭味混杂在一起，弥漫在空气之中。

"不。估计是哪家的孩子。""矮墩墩"麦克费尔说。

艾米丽娅小姐默默地看着这条路。她放下绳子，用棕色的、瘦骨嶙峋的手指把弄着工装裤的背带。只见她皱起眉头，额头上有一缕黑发垂了下来。当他们在那里等候时，路边一间屋子里有条狗开始吠叫，声音狂野而嘶哑，直到屋子里有人开始朝外喊了，才使它安静下来。终于，那团轮廓已经相当接近了，直到它进入笼罩门廊的黄光范围内，他们才看清那究竟是什么。

那是个陌生人。这个时候，一个陌生人步行进城的情况可是很少见的。而且，还是一个驼背的人。他身高几乎不到四英尺，穿着一件破破烂烂、满是尘灰的外套，衣摆拖到膝盖位置。他歪歪扭扭的小细腿似乎太过瘦弱了，不足以支撑起他硕大、畸形的胸部，以及双肩上的驼背。他的头很大，生就一对深蓝色的眼睛、一张尖刻的小嘴巴。他的脸看起来既柔和又粗鲁——眼下，他苍白的皮肤被尘灰染成了黄土色，眼睛底下则有薰衣草色的淡淡阴影。他背着一只用绳子捆扎的旧手提箱，箱子歪向一边。

"晚上好。"驼背人开口道，他有点喘不上气。

艾米丽娅小姐和门廊上那几个男人都没有回应他的问候，也没有说话。他们只是看着他。

"我在找艾米丽娅·埃文斯小姐。"

艾米丽娅小姐把那缕头发从额头上往后一推，抬起了下巴。"想怎么样？"

"我是她亲戚。"驼背人说。

双胞胎和"矮墩墩"麦克费尔抬头望向艾米丽娅小姐。

"你说的正是我本人。"她说，"你说是我'亲戚'，是什么意思？"

"那是因为——"驼背人开始解释了。他看起来挺局促不安，像是要哭了一样。他把手提箱放在最下面一级台阶上，但是并没有把手从手柄上拿开。"我母亲是范妮·杰苏普，她出生于切霍。三十多年前，她嫁给自己第一任丈夫时离开了故乡。我记得她曾说过，自己有个叫玛莎的同父异母姐妹。时至今日，我又回到了切霍，这里的人们告诉我，玛莎是你母亲。"

艾米丽娅小姐听着，脑袋微微偏向一边。她从来都是独自一人吃星期天晚餐，她住的地方从来都不会有一大群亲戚拥挤吵闹——她没有任何亲人。曾经有一位婶祖母，在切霍开马车行过活，但那婶祖母现在已经死了。除了婶祖母之外，只有一个父母辈近亲结婚生下的表弟，住在二十英里外的一个小镇上。但是这个表弟和艾米丽娅小姐之间的关系并不好，每当他们偶然相遇时，都会各自往路边狠狠吐一口口水。其他各种人也曾经很努力地试图与艾米丽娅小姐之间形成某种牵强的联系，但统统无功而返。

就这样，驼背人开始了一大段冗长又杂乱的陈述，提起一堆门廊上的听众们完全不知道的名字和地点，似乎与他们正在讨论的主题毫无关系。“范妮和玛莎·杰苏普是同父异母姐妹，而我又是范妮第三任丈夫的儿子，所以啦，这层关系就让你和我成为——”

他弯下腰，解开自己随身携带的那只手提箱。他的双手脏兮兮的，简直像是麻雀的爪子，颤抖个不停。箱子里装满了各式各样的垃圾——破衣烂衫，还有一堆廉价杂物，看起来就像从缝纫机上拆下来的一堆零件，或者其他什么一文不值的东西。驼背人在这堆东西里面东挑西拣，最后拿出一张旧照片。“这就是我母亲和她同父异母姐妹的照片。”

艾米丽娅小姐仍然没有说话。她正慢慢地将自己的下巴挪到另一侧，你完全可以从她脸上看出她此刻正在想些什么。“矮墩墩”麦克费尔把照片拿过来，朝着灯光打量了一番。照片上是两个脸色苍白、骨瘦如柴的三岁左右小孩子。脸的部分布满微小的白色糊影——说它是任何人相册中的旧照片都有可能。

“矮墩墩”麦克费尔把照片交还回去，没有对此进行任何评判。“你来自哪里？”他问道。

驼背人的声音挺不确定。“我正在四处旅行。”

艾米丽娅小姐还是不说话。她只是靠在门边，低头看着驼背人。亨利·梅西紧张地眨了眨眼睛，双手使劲揉在一起。随后，他悄无声息地离开了最下一级台阶，消失了。他是个极为善良的人，驼背人的情况触动了他的心。所以，他不想等在这里，眼睁睁看着艾米丽娅小姐把这个新来的人从自己的产业上赶出去，从镇上赶出去。此时此刻，驼背人就站在最下一级台阶上，敞开的箱子摆在一边。他抽了抽鼻子，嘴巴颤抖起来。或许他已经开始感觉到自己所面临的凄惨困境。或许他已经意识到，背着一只装满各种垃圾的行李箱，以陌生人的身份来到这镇子上找艾米丽娅小姐认亲，真是一件可悲的事情。总而言之，他突然直接坐到了台阶上，哭了起来。

午夜时分，有一个不知底细的驼背人步行到店里，然后坐下哭泣，这并不是件寻常事。艾米丽娅小姐将自己额头上的乱发一齐往后面抹了抹，几个男人面面相觑。此刻，整个镇子都很安静。

最后，双胞胎之一开口道：“我敢打赌，如果这都称不上是个典型的莫里斯·费因斯坦，那我甘愿下地狱。”

大家点头表示同意——“莫里斯·费因斯坦”是镇上一个具有特定意义的表述。但那驼背人却因为自己完全不知道他们在说什么而哭得更大声了起来。所谓的“莫里斯·费因斯坦”，是多年前曾在镇上生活过的一个人。他实际上只是个机灵狡猾、遇事总会偷偷开溜的小个子犹太人，他每天都吃白面包和鲑鱼罐头，如果你称他为基督杀手，他就会当场哭给你看。莫里斯·费因斯坦遭遇了一场灾难，现在已经离开镇子，去了社会城。不过自那以后，如果一个人以任何方式耍诈，或者当众哭了，他就会被戏称为莫里斯·费因斯坦。

“好吧，恐怕他真是饱受折磨，”“矮墩墩”麦克费尔说，“估计是事出有因吧。”

艾米丽娅小姐迈开缓慢又笨重的步伐，两个大跨步从门廊那边过来了。她走下台阶，若有所思地站在那陌生人身边，打量着他。然后，小心翼翼地伸出一根长长的棕色食指，摸了摸他隆起的驼背。驼背人还在哭，但现在他相对小声些了。夜晚很安静，月亮依旧辉映着柔和的光芒——天变得越来越冷。这时，艾米丽娅小姐做了一件挺罕见的事，她从工装裤的后裤兜里掏出一只酒瓶，用掌心抹了抹瓶嘴之后，递给了驼背人，让他喝喝试试。要知道，几乎没人能够说服艾米丽娅小姐赊账卖酒，对于她而言，哪怕给出一滴免费酒都是闻所未闻的。

“喝，”她说，“这东西能让你从喉头舒服到胃管。”

驼背人停止了哭泣，先把嘴边的眼泪舔了个干干净净，接着便照办了。当他喝好以后，艾米丽娅小姐先是慢悠悠地给自己灌了一口，暖暖嘴，漱漱口，吐掉。然后她也开始喝了。双胞胎和工头都有随身的酒瓶，瓶里的酒先前已经向艾米丽娅小姐付过钱了。

“这酒酿得丝滑顺口，”“矮墩墩”麦克费尔说，“艾米丽娅小姐，就我所知，你从来都没有酿失败过。”

在整个故事的讲述中，那天晚上他们喝的威士忌（足有两大瓶）很重要。如果没有这威士忌，将很难解释随后发生的情况。也许，当时要是没有威士忌，也就不会有咖啡馆了。因为艾米丽娅小姐酿的酒有特殊的特点：色泽清亮，入口辛辣，味道鲜明，一口酒下肚，便会像团火一样，在体内燃烧，后劲绵延。这还不是全部——众所周知，如果在一张干净的纸上用柠檬汁写下讯息，汁水晾干后，是看不到任何字迹的。可是一旦将这张纸放在火焰上方烘烤片刻，那么原来完全透明的字迹就会变成棕色，最初所写话语的意思也就清晰可辨了。不妨想象一下，这种威士忌就是火，那么，用柠檬汁写下的讯息，则是原本只有在某人灵魂深处才有机会窥知的灵感灼见——如此一来，艾米丽娅小姐所酿出的酒的价值，你应该就可以理解了。那些原本并没有被注意到的东西，在黑暗心灵深处潜藏着的真实想法，突然被认识、被理解。一个一心只想着纺纱机、外带饭盒、睡觉的床这三样东西的纺纱工人，因为偶然的机会，伸手拿起这杯如花朵般绽放的美酒，一边喝着，一边仔细打量装酒的那只精美金色杯子，突然之间，他可能会感觉到某种痛苦般刻骨铭心的甜蜜。纺纱工人可能会猛地抬起头来，第一次见识到一月份的夜空中那种寒冷又古怪的光芒，对于自身渺小的深度恐惧会令他心脏一阵紧缩。喝过艾米丽娅小姐酿的酒的人身上，就是会出现以上种种迹象。他可能会受苦，也可能度过一段欢乐时光——无论如何，这样的经验总是能揭示真相。饮酒人温暖了自己的灵魂，看到了隐藏在那里的讯息。

他们一直喝到深更半夜，月亮蒙上了阴云，使夜晚变得寒冷而黑暗。驼背人仍旧坐在台阶上，悲伤地弯着腰，额头靠着膝盖。艾米丽娅小姐双手放在口袋里，一只脚搁在楼梯的第二级台阶上。她沉默了很久。此时此刻，她的脸上呈现出了一副那些稍微有些斗鸡眼的人陷入沉思时脸上常常能够见到的表情：一种看起来非常睿智、同时又十分疯狂的表情。最后她说："我还不知道你叫什么名字。"

"我是莱蒙·威利斯。"驼背人说。

"好吧，进来吧。"她说，"炉灶里还剩着一些晚饭，你可以吃。"

艾米丽娅小姐请其他人吃饭的情况屈指可数——除非她打算以某种方式欺骗他们，或者从他们身上赚钱。因此，门廊上那几个人都觉得有什么不对劲。事后他们纷纷议论，说那天下午她肯定是在沼泽地里独自喝了好长一段时间的酒。总之，她离开了门廊，"矮墩墩"麦克费尔和双胞胎也起身回家去了。她把大门锁了起来，四处张望检查了一番，看看自己的货物是否一切安好。做完这件事后，她去了店铺后面的厨房。驼背人跟在她身后，拖着他的手提箱，一边用鼻子嗅来嗅去，一边将鼻涕擤到他那脏衣服的袖子上。

“坐下，”艾米丽娅小姐说，“我这就去加热这里还剩下的晚饭。”

那天晚上他们在一起吃了一顿丰盛美餐。艾米丽娅小姐很有钱，从来不在食物上亏待自己。端上桌的有炸鸡（驼背人早早就把鸡胸肉揽到了自己盘子里）、芜菁甘蓝泥、青菜炖肉，以及滚烫的、呈现出淡金黄色的烤红薯。艾米丽娅小姐吃得很慢，就跟那些每天干农活的人们一样吃得津津有味：她两侧的手肘都撑在餐桌上，弯腰下去，整个人俯在盘子上方，膝盖张开，双脚架在椅子的横档上。至于那驼背人，他吃晚饭时简直是狼吞虎咽，仿佛几个月都没有闻到过食物的气味。吃饭的时候，一滴眼泪顺着他脏兮兮的脸颊滚落下来——但实际上，那不过是刚才哭过之后残留的一点点剩余泪水而已，根本就没有任何意义。桌子上的灯擦拭得很干净，灯芯的边缘燃烧出一圈蓝色的火焰，在厨房里投下一道欢跃的光亮。艾米丽娅小姐吃完晚饭后，先是用一片白面包仔细地擦了擦盘子，随后便将她清冽甘甜的自制糖浆倒在了那片面包上。驼背人也如法炮制——唯一的不同之处在于，他比艾米丽娅小姐更挑剔，要求换一个新的盘子。吃完饭后，艾米丽娅小姐向后倾了一下椅子，攥紧右手的拳头，同时伸出左手，放进自己衬衫右侧袖口干净的蓝色布料下方，一下一下地抚摸起自己紧实又有弹性的手臂肌肉来——这是她吃完饭后的一种无意识习惯。然后，她从桌子上拿起灯，朝着楼梯的方向抬头示意了一下，邀请驼背人跟在她身后，一起过去。

店铺上层是三个房间——两间卧室，中间有一个大客厅——艾米丽娅小姐自出生以来一直都住在这里。很少有人亲眼看见过这些房间，但是大家普遍知道这些房间装修得极为漂亮，而且十分干净。不过现在，艾米丽娅小姐却把一个脏兮兮的小驼背——把一个不知道从哪里蹦出来的陌生人领了进来。艾米丽娅小姐把灯高高举起，走得很慢，每步两级台阶。驼背人跟在她的身后，跟得很紧，楼梯边的墙上灯光摇曳，投射出他们两人合二为一的、巨大而扭曲的阴影。很快，店铺上层的房间就跟镇子里的其他地方一样，变成漆黑一片了。

第二天早晨宁静安逸，太阳升起时，天空中泛起温暖的紫色与玫瑰色混合而成的光辉。小镇周围的田地里能够看到一排一排的犁沟，这些都是新耕出来的，佃农们一大清早就开始栽种深绿色的烟草幼苗。野乌鸦飞近原野，在大地上映出一闪而过的蓝色影子。小镇上，人们很早就出门上班了，随身带着午餐盒，纺织厂的高窗在阳光照耀下金光闪烁，晃得人睁不开眼睛。空气清新，桃花盛开如同三月的云彩。

像往常一样，艾米丽娅小姐早在黎明时分便下了楼。她先用水泵洗头，很快就开始为自己的生意忙活了起来。上午，她给骡子装好鞍，骑着它去检视自己的不动产——种满了棉花的田地，靠近佛克斯弗斯路。到了中午，每个人都知道驼背人深夜造访店铺这件事了，这也是理所当然。不过，还没有人真正见过他。天很快就变热了，天空呈现出丰富的、正午时分的蓝色。还是没有人注意到这个陌生的客人。确实有几个人记得，艾米丽娅小姐的母亲是有个同父异母的姐妹，但对于这个姐妹究竟是死掉了，还是跟一个晾晒烟草的工人私奔了，人们却有些不同的意见。至于驼背人的那套说辞，每个人都认为那是在胡说八道。无论如何，整个镇子里的人都很清楚艾米丽娅小姐平日里的行事方式，认定她是打算先把他喂饱，然后再一举将他给轰出门。哪里知道，到了傍晚，当天空由蓝转白，工厂工人们已经完成轮班时，有个女人声称她在艾米丽娅小姐店铺上层一个房间的窗户那里，看到了一张扭曲难看的脸。艾米丽娅小姐本人对此没有任何表态。她在店铺里消磨了一会儿，跟一名农夫为了一柄犁头争吵了一个小时，修补了一些细铁丝网。接近日落时，她关了店门，走回了自己的房间。整个镇子都对此感到困惑，人们议论纷纷。

第二天，艾米丽娅小姐的店铺没有开张，人却一直呆在店里，谁也不见。于是，谣言便从这一天起正式开始传播了——传出来的谣言是如此可怕，以至于这整个小镇，乃至周边村镇，都被这个谣言的内容给震惊到了。谣言是从一个名叫梅里·莱恩的纺织工人开始的。他是个无足轻重之人——面色灰黄，走路一瘸一拐，嘴里一颗牙也没剩下。他患有“三日疟疾”，这表示他的疟疾每隔三天就会发作一次。在这个周期的前两天里，他的表现平淡无奇，但是一旦到了第三天，他就会变得亢奋，经常会有一两个怪念头脱口而出——其中大部分都是愚蠢的。这一次，当梅里·莱恩发作时，他突然转过身来说道：“我知道艾米丽娅小姐做了什么，她为了手提箱里的东西，把那个人给杀了。”

他说这句话时声音极为冷静，仿佛是在陈述事实。短短一个小时之内，消息就冲击了整个城镇。那一整天，镇上都在传播这个狂暴又病态的故事。在这个故事当中，包含着一切能够令人感到心惊胆战的细节——驼背人，深夜被埋葬在沼泽的尸体，艾米丽娅小姐被人拖着走过镇上的大街小巷，最后被送进了监狱，关于如何处置她巨额财产的争吵——所有这一切都是压低了声音说出来的，反反复复地讲，新鲜而怪异的细节随之越来越多。下雨了，女人们专心八卦，甚至将从晾衣绳上把衣服收回来这件事都抛到了脑后。尚且欠着艾米丽娅小姐钱的一两个凡人，甚至穿上了礼拜日才会穿的衣服，把这天当成了节日。人们在主街上聚集到一起，一边谈论这件事，一边观察着店铺这边的动静。

非要说整个镇子都参加了这场邪恶的庆典，那也是不对的。有好几个头脑清醒的人，他们一致认为，富有的艾米丽娅小姐是不会为了手提箱里的那点垃圾而谋杀流浪汉的。在镇上甚至还有三个善心人，他们对外声称，自己完全不认同这一罪行，不认为这是真事，即便这件事可能会给他们带来利益，即便这事已经在全镇引起巨大骚动，亦是如此——想到艾米丽娅小姐被关在监狱铁窗之内，以及在亚特兰大被处以电刑的场景，他们就感到不舒服。这些善心人评判艾米丽娅小姐的方式跟其他人不同：当某个人（正如艾米丽娅小姐）在所有方面都表现得跟普通人截然相反时，当某个人所犯下的罪孽已经达到令人难以在短时间内列举清楚的地步时，那么，这个人显然需要特别的评判标准来加以区别对待。他们记得很清楚，艾米丽娅小姐天生就是深色皮肤，脸长得也有些古怪，而且是由生性孤僻的父亲单独抚养成人的。早在年纪尚轻时，她的身高便已达到了六英尺二英寸，这对于一个女人而言根本就不自然，而且，她的生活方式和习惯都很怪异，完全没办法用常理去考量。最重要的是，他们想起了她那段令人倍感困惑的婚姻经历——那可是这个镇上前所未有且最不合理的丑闻。

如此这般，这些善心人对艾米丽娅小姐所抱有的感情，也就近乎于同情和怜悯了。于是，当她在外面做出一些狂野举动时，比如冲进一间屋子，拖出一台缝纫机来抵债，或者在某些与法律和官司相关的事情上格外较真时——他们对她的感觉便演化为一种基于愤怒的混合物，可笑的内心小骚动，以及深切的、令人感到不可思议的哀伤。总而言之，关于善心人的部分说到这里就好，因为他们毕竟就只有三个人。整个下午，这个镇上的其他人都仿佛过节一般，持续不断地对这场虚构的罪案展开激烈讨论。

出于某种奇怪的原因，艾米丽娅小姐本人似乎并不知道这一切。她大部分时间都在店铺楼上。回到店铺时，她平静地四处走动，双手探入工装裤的口袋里，脑袋深深低下去，把下巴缩进衬衫的衣领里。她全身上下任何地方都没有血迹。艾米丽娅小姐常常会停下脚步，驻足不前，呆呆地低头看着地板上的裂缝，一边自顾自地拨弄一小撮短发，一边自言自语。总而言之，那天她的大部分时间都是在楼上度过的。

夜幕降临。那天下午的雨，已经使空气变得冷冰冰的了，所以晚上就跟冬天一样，寒冷又阴沉。天上没有星星，一阵不怎么大的刺骨冰雨已经降临。从街上望去，房屋里的煤油灯光悲伤地摇曳着，一路闪烁。风起了，不是来自镇子一侧的沼泽地，而是来自北方寒冷的黑松林。

镇上的钟敲了八下。仍然没有什么大事发生。在一系列令人毛骨悚然的谈论之后，这个黯淡的夜晚令一些人感到恐惧，他们躲在家里，靠近炉火。其他人则选择成群结队聚集到一起。大约有八到十个男人聚集在艾米丽娅小姐店铺的门廊处。他们沉默寡言，除了等待之外，其他什么事情都没做。他们也不清楚自己正在等待什么，但世上的事情确实也是这样运作的：局势紧张时、一些大动作即将来临之前，人们就会选择这样聚集、等待。过了一段时间，就会出现某个时刻，他们会一起采取行动，并不是出于某种思想，或者凭借单独个体的意志而展开行动，而是仿佛本能一般地纠合在一起，如此的决定并不属于他们当中的任何一个人，而是属于整个集团。在这个时刻到来之际，没有人会犹豫。如此这般，这件事最终是否能够和平解决，抑或出现集体意志下的联合行动，最终是否会造成洗劫、暴力、犯罪，统统取决于命运。就是这样，男人们在艾米丽娅小姐的店铺门口严阵以待，没有哪一个人能够清楚意识到他们将会做些什么，但是，他们内心深处却很明白，他们必须等待，因为那个时刻几乎近在眼前了。

现在，店铺的大门敞开了。里面很明亮，很自然。左边是柜台，里面放着白肉、冰糖和烟草。柜台后面是存放盐渍白肉和各种杂粮的架子。店铺右侧的大部分地方都堆满了农具，还有其他一些杂物。店铺门面的后面，左侧是通往楼梯的门，目前是敞开着的。此外，在店铺的最右边还有另一扇门，通往一个小房间，艾米丽娅小姐称这个小房间为办公室。这扇门也是开着的。那天晚上八点钟，人们就是在这里找到了艾米丽娅小姐，她正坐在自己装有活动盖板的办公桌前，用钢笔在一摞纸上写写算算。

办公室里灯光跃动，艾米丽娅小姐似乎并没有注意到门廊上的代表团。和往常一样，她周遭的一切都井然有序。这间办公室声名远扬，确切点说应该是恶名昭彰，无人不知。艾米丽娅小姐正是在此处理她所有事务的。桌子上是一台遮盖得严严实实的打字机——她知道如何使用，但只用于最重要的文件。各个抽屉里存放着的是数千份文件资料（就是字面意思），根据字母表顺序排列。这个办公室也是艾米丽娅小姐接待病人的地方，因为她喜欢做医生，也在这方面做了很多努力。两个架子上挤满了瓶子和各种医疗工具。靠墙的是方便病人就座的长椅。她懂得用烧过的针来缝合伤口，使其不会变绿而感染。对付烧伤，她会使用凉爽、甜蜜的糖浆。至于那些捉摸不定的疾病，则组合许多不同的药材，以不知名的处方配制成秘药。她配出来的这类药加强肠蠕动的效果很不错，但不能给小孩子服用，因为小孩吃了会引起严重的抽搐。对于孩子们，她有一套完全独立的药方，味道温和且甜美。没错，总而言之，人们普遍认为她是一个好医生。她的那双大手虽然骨瘦如柴，但抚摸在病人身上时，却能够令他们感觉柔软又轻盈。她行医的想象力极为丰富，能够运用数百种不同的治疗方法。面对最危险和最罕见的手法时，她也毫不犹豫，在她面前，没有任何疾病是可怕的，她总是能采取个什么办法来治愈它。但是，在这件事上有一个例外，那就是——如果病人是女性，并且为自己所犯的妇科病向她诉苦时，那她就什么也做不了。事实上，哪怕病人只是提到自己患了那种病，艾米丽娅小姐的面色都会因为羞耻而慢慢变暗，她会站在那里，伸长脖子，让脖子紧贴住自己的衬衫领子，要么就是左右磨蹭她在沼泽地里穿的那双大雨靴，简直跟一个害羞到无以复加、乃至哑口无言的小孩子一样。不过，在除此之外的其他病症上，人们都很相信她的医术。她从来不收费，因此总会有一大堆病人。

这天晚上，艾米丽娅小姐用钢笔写了很多内容。但即便如此，她也不可能永远对在黑暗门廊上等待着她、观察着她的那群人视而不见——她时不时地抬起头，笃定地看着他们。但是，她并没有朝他们大声嚷嚷，要求他们明确说出为什么要围着她的私人财产徘徊，跟一群碎嘴妇人一样。当她坐在自己办公室的办公桌前时，脸上的表情永远都是骄傲而严厉的。就这样过了一段时间之后，他们持续不断的窥视似乎终于搅扰到艾米丽娅小姐了。只见她用红手帕擦了擦脸，站起身来，关上了办公室的门。

对于门廊上的这群人而言，艾米丽娅小姐此刻的这一举动恰恰是个明确的信号。时候到了。他们已经在这里站了很长一段时间，独守着身后街道上粗野又阴郁的夜晚。他们等得太久了，就在那一刻，他们身上的本能被唤起了。该行动了。瞬息之间，他们所有的一举一动，都仿佛被同一个人的意志所驱使——他们不约而同地走进了店里。这八个人从外表上看去十分相似，都穿着蓝色的工装裤，大部分是白色头发，面色苍白，眼神扑朔迷离，仿佛在做梦一般。接下来他们将会做些什么，没有任何人知道。但是，就在那时，楼梯上方突然传来一阵声音。男人们抬起头来一看，便目瞪口呆地站住了。那正是已经在他们脑海中被艾米丽娅小姐谋杀致死的驼背人。而且，眼前这个生物，根本就跟先前在他们脑海中所留下的印象截然不同——不是个可怜又肮脏的小话痨，不是无依无靠满世界谋生活的乞丐。实话实说，他跟他们过去曾经见过的所有人都不一样。房间里悄然无声，一片死寂。

那个驼背人慢慢地从楼梯上走了下来，神情骄傲，仿佛脚下踏过的每一块地板都是属于他的。过去的几天里，他身上发生了很大的变化。比如，就这些变化当中的其中一方面而言——他整个人都被打理得十分整洁干净，干净到无法用言语来表达。他仍然穿着他那件小外套，但外套已经被精心擦洗过，先前破损的部分也修补得很利落。小外套之下，是一件崭新的红黑色格子衬衣——这件衣服原本是属于艾米丽娅小姐的。他没有穿普通男人穿的那种裤子，而是选择穿了一条紧身马裤，裤脚只到膝盖位置。瘦骨嶙峋的腿上穿着黑色丝袜，鞋子是特制的，形状奇特，用鞋带绑扎在脚踝上。就连这双鞋也专门清洁过，而且新打过蜡。驼背人脖子上系了一条灰绿色的羊毛围巾，几乎将他那对大而苍白的耳朵完全覆盖住了，围巾末端的流苏几乎快要拖到地板上。

驼背人迈着他那僵硬的小碎步，一点一点走下楼，来到店铺里，站到了那群人的中间。他们专门为他腾出了一小块空间，双手舒展开来，放在身体两侧，睁大眼睛，瞧着眼前这一幕。驼背人本身的行为举止也相当刁钻古怪。他泰然自若地向现场每个人致意，目光保持平视，换句话说，他是在注视他们的裤腰带。接下来，他以若有所思的精明态度，仔细考察了每个人的下半身——从腰际一直打量到鞋底板。当自我感觉满意之后，便闭上眼睛，摇了摇头，仿佛在他看来，刚才所见的一切并不算什么似的。然后，他充满骄傲地把脑袋往后一扬，眼神环视一周，把周围每个人的面孔都扫视了一番——他并不打算细看，只是为了确认一下罢了。店铺左侧有一袋装得半满的鸟粪肥料，驼背人将自己的下一步目标锁定在了那里。只见他走了过去，坐在了那半袋肥料上。等他调整姿势，舒舒服服坐定之后，随即交叉小腿，从外套口袋里取出一样东西。

店铺里这群男人们花了好一会儿工夫才将自己的心情重新平复下来。最先开始传播谣言的、那个三天发作一次的梅里·莱恩是这群人当中第一个开口说话的。他看了一眼驼背人取出的东西，用一种刻意压低的声音问道：

“你拿着的是什么？”

实际上，在场每个人都很清楚驼背人手里拿的是什么。因为那是属于艾米丽娅小姐父亲的一只鼻烟盒。鼻烟盒通体是用蓝色珐琅制成，上面装饰有精美的金丝镶嵌图案。这群人对这件物什十分熟悉，因此也就感到尤为惊讶。他们小心翼翼地看了一眼办公室紧闭的房门，耳边同时听到艾米丽娅小姐轻轻吹口哨的声音。

“没错，你这小豆丁，赶快回答，那是什么？”

驼背人迅速抬起头来，嘴巴一嘟，说道：“有什么好问的噢，这是专治爱管闲事家伙们的克星。”

说罢，驼背人便将几根细小又扭曲的手指塞进盒子，取出少许鼻烟嚼了起来，不过，他可完全没有拿出一些来和这些男人们分享的意思。他正在享用的可不是什么真正的鼻烟，那其实是糖和可可粉的混合物。不过，他依旧把那混合物当作真正的鼻烟来享用：只见他把一小撮这种玩意儿放在自己翘起的下唇上，然后伸出舌头来轻轻舔了一口，同时迅速做了一个鬼脸。

“我脑袋里面长的这些个牙齿啊，它们无论吃什么都觉得酸。”他对此解释道，“这正是我舔食这种甜鼻烟的原因。”

那群男人依旧聚集在驼背人周围，多少显得有些失措，犹犹豫豫，不知如何是好。上述感觉持续良久，始终未曾消散，但它很快就被另一种感觉给冲淡了——那就是房间里那种格外亲密的气氛，以及模模糊糊的节日气息。那天晚上在场的那群男人们的名字如下：哈斯提·马龙、罗伯特·卡尔弗特·黑尔、梅里·莱恩、T.M.威林牧师、罗瑟·克莱恩、瑞普·威尔伯恩、亨利·福特·克里姆和霍勒斯·韦尔斯。除了威林牧师之外，这些男人在很多方面都是一样的——所有人都会从这样那样的事情中找乐子，所有人都因为这样那样的原因哭泣和受苦，除非被人激怒，否则他们当中的大多数人都是容易对付的。他们全都在纺织厂里工作，跟其他人合住在一间两居室或者三居室的房子里，每月应付的租金是十美元，或者十二美元。因为那天下午正好是星期六，所有人都已经拿到了工资。因此，就目前这个状况而言，我们大可以将他们这群人视作一个整体。

不过，驼背人此刻也已经把他们统统整理进自己的脑海里了。等到他舒舒服服坐定之后，便开始和每个人聊天，问他们各种各样的问题，比如——这个或者那个男人是否已经结婚了，年纪有多大，一个星期的工资是多少等等。不久之后，镇上的其他一些人，比如亨利·梅西，比如那些感觉到这里正在发生非同寻常事情的闲人们，比如那些来接她们游荡不归的丈夫的女人们，甚至还有一个面容模糊、头发淡黄色的小孩蹑手蹑脚走进了店子，偷拿了一盒动物饼干，很快又悄无声息地离开了。如此这般，艾米丽娅小姐的店铺很快就变得拥挤不堪，可是直到这时，她依旧没有打开自己办公室的门。

有这样一类人，这类人身上拥有一种独特的品质，足以将他们与其他一些平凡得多的人们区分开来。这类人有一种本能——这种本能通常只能在小孩子身上找到——这种本能有办法让他们跟世界上的其他一切事物建立起直接且重要的联系。驼背人显然就是这种类型的人。他在半小时前才出现在店里，现在却已经跟这里的每个人都建立起了直接的联系。仿佛他已经在这个镇上住了好些年，是一位远近皆知的知名人物，每天晚上都会坐在那个鸟粪肥料袋上跟人们无休无止地聊天似的。凭借这一点，以及此刻是星期六晚上这项事实，可以很好地解释店铺中此刻正充斥着的、自由自在且饱含不正当愉悦感的气氛。尽管如此，紧张的感觉却始终存在，部分是因为艾米丽娅小姐还在她的办公室里，门依旧紧闭着，她还没有露面。

那天晚上十点钟，她终于从办公室里出来了。那些等在门口打算看戏的人们对真正发生的事情感到十分失望：艾米丽娅小姐打开门，以她所特有的、慢吞吞又蹒跚笨拙的步姿走进了店子里。她鼻子的一侧有一道墨水印，围在脖子上的红色手绢打了个结。艾米丽娅小姐似乎没有注意到任何异常。她那双灰色的双眼瞪着驼背人正坐着的地方，目光在那里徘徊了一会儿。至于店里的其他人，她仅仅用一种略显惊讶的平和态度瞟了一眼。

“有人想买点什么吗？”她静静地问道。

现场确实有很多顾客，因为这是星期六的晚上，他们都想喝酒。有一说一，就在三天前，艾米丽娅小姐才刚挖出一桶陈年老酒，并且使用蒸馏器，用虹吸法把酒灌装到了瓶子里。于是，这天晚上，她便从买酒的客人们那里接过钞票，在店子明晃晃的灯光下点钱。以上皆是极为普通的购物程序，但在此之后发生的事情却并不普通。以往，买酒的客人们付过钱后，都必须绕到漆黑一片的后院里去，在那里，艾米丽娅小姐会把你买的酒通过厨房的门递给你。整个交易过程毫无愉悦感。拿到属于自己的酒之后，客人便独自遁入夜幕之中。如果他的妻子不允许他在家里喝酒，那么，这位客人也可以选择回到店铺前面的门廊，在那里喝酒，或者干脆在大街上喝。在此不得不提醒大家，商店的门廊，以及门廊前面的街道，都是艾米丽娅小姐的私人财产，这是不容辩驳的——但她本人却并没有把这两个地方当作自己的私人场所。在她自己看来，她的房子是从前门开始算起的，涵盖这栋建筑物的整个内部空间。在她自己的房子里，除了她本人之外，艾米丽娅小姐还从来没有允许任何人喝过酒。但是，就在这天，她第一次打破了这个规则。只见她走到厨房里，驼背人紧紧跟在她身后，然后，她把一瓶一瓶的酒拿了出来，放到了温暖又明亮的商店里。不仅如此，她还摆出了一些喝酒用的杯子，打开两盒饼干，殷勤好客地放到柜台上的盘子里，任何想吃的人都可以拿上一块，免费。

除了驼背人之外，她没有跟任何人说话，就算跟驼背人，也只是用多少有些严厉而沙哑的声音问他："莱蒙表哥，你是直接吃呢，还是想让我把锅放到炉灶上，拿些水加热过后再吃？"

"如果你愿意帮我热的话，艾米丽娅，"驼背人说。（究竟是从什么时间点算起，一个人可以亲近到对艾米丽娅小姐直呼其名，而不使用"小姐"这个尊称呢？有任何人能够推断得出来吗？——她以前那个未婚夫，那个处了十天的丈夫肯定办不到。事实上，自从她父亲去世之后（不知出于什么原因，她父亲一直称她为"小家伙"），就再没有人敢用亲昵的方式来称呼她了。）"如果你愿意，那我还是想吃点热的。"

此刻就是咖啡馆的起始点。就这么简单。回想一下，那天晚上简直跟冬天一样阴沉，如果不得不坐在艾米丽娅小姐房子的外面，那么这场庆典也太令人感到遗憾了。但是，在店铺里面的话，那就是其乐融融，亲切而温暖了。有人特地去拨旺了店面后面的炉火，买了瓶装酒的人们呼朋唤友，大家一起喝起酒来。几个女人也在那里，她们纷纷取出随身的甘草糖，打开"乐嗨"汽水，甚至仰起脖子喝起威士忌来。

尽管表现得熟络，但对于镇上民众而言，驼背人始终都是个新奇人物，他的存在让每个人都感到开心。办公室里的那条长椅也被搬了出来，人们还额外搬来几把椅子。其他人要么靠在柜台上，要么干脆坐到木桶和麻袋上，怎么舒服怎么来。在商店里开放喝酒权限，并没有造成任何喧哗吵闹的局面，没有出现任何不雅的笑声或者不当行为。相反，人们甚至表现得有些胆怯。这个镇上的人们还不习惯为了娱乐专门聚一起。以往他们聚在一起，只是为了在纺织工厂里劳作。要么就是在某个星期天，特地去参加一场为期一整天的野营布道会——虽然野营本身是令人愉快的，但整个活动的真实目的，却是加深你对地狱的看法，让你对全知全能的我主感到由衷地敬畏。不过，咖啡馆的精神却是完全不同的。即便是最富有、最贪婪的老流氓也会表现得规规矩矩，不会在一家像样的咖啡馆里侮辱任何人；穷苦人儿们心怀感激地看着周遭的一切，用精巧又温和的方式捏起一小撮盐来。一家像样咖啡馆所特有的氛围，意味着如下一些品质：宾客之间交情默契、肚皮满意、恰到好处的欢愉，以及优雅得当的行为举止。那天晚上，没有任何人向在艾米丽娅小姐商店里聚会的人们提到过这些。尽管如此，他们自己却也对此知道得一清二楚，当然，截至那个时间点为止，镇上连一家咖啡馆都不曾有过。

如今，催生出这一切的那个人，即艾米丽娅小姐，大部分时间都站在通往厨房的那道门门口。从表面上看，她似乎没有任何改变。但是，有很多人其实正在暗中观察她的脸：确实，她正注视着眼前发生的这一切，但是，在大部分时间里，她的目光都落在那个驼背人身上，显得有些哀怨。驼背人在商店里趾高气扬地走来走去，吃着手里鼻烟盒内放的那些东西，对外同时保持着惹人心烦和招人喜欢这两种态度。自炉灶的缝隙处，有一道火光映照出来，正好照到艾米丽娅小姐站着的那个位置，使她那张褐色的长脸被照得比身上其他地方更为明亮。她似乎正在审视自己的内心。表情同时表现出痛苦、困惑和某种尚不确定的喜悦。她的嘴唇并没有像往常那样紧紧闭起，而且还时不时地咽一口唾沫。此刻，她的皮肤已经变得全无血色，那双大手正在不停流汗，手心里空空如也。那天晚上，她的那副样子，恰如情人的寂寞。

午餐时分，这家咖啡厅的开幕式结束了。每个人都以友好的方式向其他人道别。艾米丽娅小姐关上了前门，但却忘了把它给锁住。不久之后，所有的一切——主街、主街上的三家商店、纺织工厂、大小房屋——实际上，就是整个城镇——全都暗了下来，周遭寂静无声。就这样，这三天三夜以来发生的一系列事情正式宣告结束：一个陌生人到来，一段不圣洁的庆典，以及咖啡馆的开业。

现在，时间必须得继续向前推进了。接下来的四年是非常相似的。虽然最终造成的变化很大，但是这些变化实际上是通过简单的步骤，一点一滴积累而成的，这些步骤本身却并不重要。驼背人继续与艾米丽娅小姐住在一起。咖啡馆逐步扩张。艾米丽娅小姐开始以杯为单位贩售她酿的酒，一些桌子被搬进了商店里。每天晚上都有客人光临，星期六的客人尤其多。于是，艾米丽娅小姐开始以每盘十五美分的价格供应炸鲶鱼，作为客人们的晚餐。驼背人怂恿她买了一架做工精良的机械钢琴。区区两年时间，这地方已经不再是一间商店，而是摇身一变，成了一家挺像样的咖啡馆，每晚从六点营业至十二点。

每天晚上，驼背人下楼时都给人带来这样一种感觉，仿佛他又有了某个了不起的主意。驼背人身上总是能闻到一股萝卜苗的味道，似乎艾米丽娅小姐每天晚上和早上都用蔬菜汁给他揉搓身体，以此来赋予他那柔弱的身体以力量。她简直要把他给宠坏了，宠到超越了理性，但好像还真没什么办法可以给他增加力量。食物只能使他驼背和脑袋持续变大，身体其余部分仍旧保持虚弱且畸变的状态。外表上而言，艾米丽娅小姐还是跟原来一样。工作日里，她依旧穿着沼泽地专用的大雨靴和工装裤，每逢星期天，她会换上一条深红色的连衣裙——这条连衣裙以一种最为奇特的方式，撑在她的身体上。然而，她的举止和生活方式却发生了很大的变化。她仍然钟情于激烈的诉讼，但现在已经不会那么急着去欺骗自己的同胞，不会冷血无情地要求大家付钱。然后，这个驼背人是非常具有社会性的，所以如今她甚至也会去参加些许社会活动，比如，去参加奋兴布道会，去葬礼等等。她的医生职业生涯跟以往一样成功，她的酒甚至也比以前酿得更好了（如果这件事确有可能的话）。咖啡馆本身已经被证明是有利可图的，并且还是方圆百里内唯一的一处娱乐场所。

此刻，倒不妨随意摘取一些随机的、不连贯的场景，来瞧瞧这些年以来，艾米丽娅小姐和驼背人的生活状况吧。看呐，在一个赤色朝霞铺满天际的冬日清晨，驼背人正紧紧跟在艾米丽娅小姐身后走着，打算前往松林，开始狩猎。再看，那群人正在属于艾米丽娅小姐的田地里干活呢——唯独莱蒙表哥站在一旁，完全没有做任何事情，但是，无论是哪个人手上正在偷懒，他马上就能指出来。秋天的下午，他们一起坐在屋后的台阶上削甘蔗。阳光耀眼的夏天，他们则转而回到沼泽地里消磨时间。那里的水柏树生长得极为茂盛，针叶是深深的黑绿色，枝叶纵横纠缠之下，是令人昏昏欲睡的荫凉。当脚下的小路需要蹚过沼泽泥地，或者黑漆漆的水流时，就能看见艾米丽娅小姐弯下腰来，让莱蒙表哥爬到她背上去的情景——莱蒙表哥上去之后，又能看到她步履蹒跚地往前迈步，而那驼背人却擎在她肩膀上，身体紧贴着她的耳朵，手攀住她宽阔的前额。有时候，艾米丽娅小姐还会把她买的那辆福特车发动起来，招待莱蒙表哥到切霍去看场电影，或者到比较远的集市去看斗鸡表演。驼背人特别爱看大场面，只要置身其中，便立即充满激情，满怀喜悦。当然，他们每天早上都在咖啡馆里，坐在咖啡馆楼上客厅的壁炉旁，经常一坐就是好几个小时。因为那个驼背人晚上病得很厉害，对于躺在某处凝视黑暗感到由衷害怕。对于死亡，驼背人有着一种深深的恐惧。艾米丽娅小姐自然也不会让他独自忍受这种恐惧的折磨。甚至可以这样推论，咖啡馆之所以能够发展起来，主要也是出于这一原因：这里给驼背人带来了陪伴，带来了快乐，帮助他熬过每天夜晚的时光。就是这样，且让我们先用以上这些闪回，来大致构筑这些年来他们生活状况的整体印象吧。关于这方面的讲述，此刻也该暂且告一段落了。

现在，是该为上述所有这些行为做出一番解释的时候了——到了讨论爱情的时候了。因为艾米丽娅小姐爱上了莱蒙表哥。这太明显了，每个人都清楚这一点。他们住在同一栋房子里，总是形影不离，从来没人见过他们独自一人的情况。因此，据麦克费尔太太（这是个鼻子上长疣子的老女人，劳碌命，不停倒腾自家前厅里摆着的那几件寒碜家具，将它们搬来又搬去）和其他几个闲人的说法，这两个人在一起生活就是种罪孽。如果他们之间真有亲戚关系，那么按照辈分，就是只隔一层的表亲在滥交，况且，如今甚至就连这样一种亲戚关系都不能很好地加以证明。就眼下能够确定的情况来看，最明显的一点就是——艾米丽娅小姐是个身高超过六英尺的、强力喇叭枪型人物，反观莱蒙表哥，却是个弱不禁风的驼子，身高只能到达她的腰部。这本是无足轻重的事情，可是，对于“矮墩墩”麦克费尔太太和她那帮亲信们而言，却已经意味着很多了。因为对于她们而言，这就说明艾米丽娅小姐和莱蒙表哥所拥有的肉身，与他们一同创造出来的种种荣誉之间并不相配，对比起来，反而让人觉得可鄙可怜。就让她们这样想去吧。另一方面，那几个善心人则认为，如果这两个人之间，彼此能够在肉体上感到和谐满意的话，那么，一切也就只剩下“他们应该如何在上帝面前自处”这唯一一个问题了。所有通情达理的人都认同这一假定——因为他们给出的这个答案，实际上是一块平坦又安全的道德高地。那么，这种爱意究竟是怎么一回事呢？

首先，爱情是存在于两个人之间的一种共同体验——可是，共同体验并不意味着牵扯到爱情中的两个人之间，必须同时拥有某种一以贯之的相同体验。爱情是分爱人者与被爱者的，尽管同处爱情之中，但这两种人却完全不同。对于爱人者们而言，被爱者往往只是刺激他们心中长期潜藏、沉寂的爱情的催化剂。不知何故，每个爱人者其实都知道这一秘密。在灵魂深处，爱人者会觉得自己所拥有的爱情是孤独的。他之所以投身于爱情之中，其实就是为了去领略一种崭新、陌生的孤独感，恰恰是这一领略求知的过程，令他备受折磨。所以，爱人者只有一件事情要去做。他必须竭尽所能，把自己的爱意藏在心底；他必须为自己构建出一个截然不同的内心世界——这个世界完全内敛，激进而奇异，从不轻示于人。不妨在此再补充说明一句，我们在此提到的这位爱人者，他可并不一定是个为了购买结婚戒指而努力存钱的年轻小伙子——爱人者可以是男人、女人、小孩，甚至可以是这地球上任何一个具有人性的生命。

说到被爱者，同样可以有各种各样的对应描述。即便是那种最为古怪的人，也可以成为爱情的催化剂。举一个男人为例，这个男人可能是步履蹒跚的太爷爷级人物，但是，在他心中，没准始终只爱着那个他在二十年前的某天下午、在切霍大街上偶然遇见的陌生女孩。牧师也可能爱上一个堕落的女人。被爱者可能是奸诈之徒，一个油头滑脑的家伙，而且还恶习难改。没错，爱人者本身，可能也会跟其他任何人一样，理性地正视这些事实——但是，这些都完全不影响他一心一意去爱这个人，乃至泥足深陷，也无怨无悔。一个最平庸无奇的人，也有可能成为野性、放肆、如沼泽毒百合般美丽的爱情选择降临的对象。良善之人同样可以是暴力与堕落交织之爱的催化剂，抑或——某个不停胡言乱语的疯子，也可能在某人灵魂深处，奏响一首温柔又简朴的田园牧歌。综上所述，任何一种爱情的价值和质量，实际上都完全是由爱人者自己所决定的。

正因为如此，我们大多数人宁可去爱也不愿被爱。几乎每个人都想成为爱人者。在极度隐秘的灵魂深处，爱情的最终真相在于——被爱的状态对于许多人而言，事实上是无法承受的。被爱者心怀恐惧，憎恨爱着他的那个人，至于理由，自然也无懈可击。因为爱人者永远都试图让自己所爱的那个人赤身裸体地展露在自己面前，不允许其保有任何秘密。爱人者渴望与自己所爱的人建立起一切可能的关系，即使这种经历只会使他痛苦。

前面已经提到过：艾米丽娅小姐曾经结过婚。此时此刻，这件奇怪的事情倒也可以专门拿出来说明一下了，记住——这一切都是在很久以前发生的，那也是驼背人来到艾米丽娅小姐身边之前，她唯一一次与其他人亲密接触的经历。伴随那件事而来的，同样是我们说明已久的这一现象——爱情。

当时的小镇就跟现在的小镇一个样，唯独一点不同，当时的主街上只有两家商店，而不是三家，而且，沿街的桃树比现在更加歪歪扭扭，也更矮小一些。艾米丽娅小姐当时十九岁，她的父亲已经死了好几个月了。当时，镇上有个纺织机修理工，名叫马文·梅西。他是亨利·梅西的兄弟，哪怕你同时认识他们，你也绝对不会猜测这两个人可能会是亲戚。因为马文·梅西是这整个地区最帅的男人——他身高六英尺一英寸，肌肉发达，瞳色深沉，眼神迷人，一头卷发。他生活得很好，工资挺高，拥有一块金怀表，表盖打开之后，里面能够看到一幅精雕的瀑布图。从外在和世俗的角度来看，马文·梅西是个幸运的家伙：他不需要向任何人献殷勤，就总是能得到他想要的东西。但是，如果从更严肃和更审慎的角度去看，马文·梅西却并非一个值得去羡慕的人物，因为他实际上是个恶人。他的名声如此糟糕，比县里任何一个品行不良的年轻人都更糟糕得多。当他还是一个少年的时候，曾经随身携带一只风干后又专门用盐腌过的耳朵，一带就是好多年，那是他在一场人手一柄剃刀的械斗中，从一个被他杀死的男人脑袋上割下来的。他曾经在松林里一连割了很多只松鼠的尾巴，其目的仅仅是为了满足自己变态的快感。在他牛仔裤的左侧屁兜里，总是装着一些被明令禁止的大麻，方便他随时拿来诱惑那些灰心丧气、被逼入死胡同的人们吸食。然而，尽管他如此恶名昭彰，却是这个地区里许多女性的心头好——当时，有好几个年纪轻轻的女孩，她们的头发总是洗得很干净，眼神温柔，拥有甜美小翘臀，一颦一笑都很迷人……马文·梅西一个接一个地羞辱并糟蹋的，正是这些温柔的年轻女孩。最后，当马文·梅西二十二岁时，他挑上了艾米丽娅小姐。这个孤独、瘦长，眼睛生得很怪异的女孩，成了他所渴望的对象。他也并不是因为她的钱财而想要得到她——这纯粹就是因为爱情。

爱改变了马文·梅西。在他爱上艾米丽娅小姐之前，你可能会质疑，像这样一个人的身体里面，是否真有内心和灵魂。话说回来，马文·梅西的性格为何会如此丑恶，其实还是有一些说得过去的解释的——从他降生于这个世界上开始，便遭遇到了一个万分艰难的开端。他是父母所生下的、七个他们并不想要的孩子们中的一个，这些孩子们的父母根本就不该被称为父母：他们的父母是典型的荒蛮青年，喜欢钓鱼，喜欢在沼泽地附近游荡。他们几乎每年都会生下一个新的孩子，这些孩子对于他们而言只是令人感到讨厌的麻烦玩意儿。每天晚上，当他们从纺织工厂回家时，都会盯着这些孩子们，仿佛不知道他们是从哪里冒出来的一般。孩子们一旦哭泣，就会被痛打，这些孩子们在这个世界上学到的第一件事，就是寻找房间里最黑暗的角落，尽量隐藏自己。他们一个个都瘦得跟小老头儿幽灵似的，不跟任何人说话，甚至彼此之间都不交流。最后，他们完全被父母遗弃，留给了小镇，看有没有人会大发慈悲，给他们寻条活路。那是一个很艰难的冬天，工厂关闭了近三个月，到处都是受苦受难的场景。但是，这绝对不是一个会让白种人孤儿在你眼前的大街上被活活饿死的小镇。因此才会出现如下的情况：这些孩子当中年纪最大的，当时八岁，走到了切霍，然后就消失了——或许他在切霍某处坐上了一班货运列车，就此离开了这里，具体没有人知道。另外三个小孩，由小镇挨家挨户负责提供膳宿，不断被人们从这一家的厨房送到那一家的厨房，可是，由于他们的身体底子实在太差，在复活节之前就全部死掉了。最后剩下的两个孩子就是马文·梅西和亨利·梅西，他们被一家人给收养了。镇上有个善良的女人，名叫玛丽·黑尔太太，她把马文·梅西和亨利·梅西当作自己亲生的孩子来抚养。他们就是在她家里长大的，受到了很好的对待。

但是，小孩子的心脏本就是十分娇嫩脆弱的器官。降生到这个世界上之后，只需一个残酷的开端，便足以把孩子们的心脏扭曲为怪状畸形。一个受伤孩子的心脏将会萎缩，心脏萎缩之后，便会永久性地变硬，上面千疮百孔，就跟桃子里面的硬核一样。不仅如此，这样一个孩子的心脏可能还会溃烂、肿胀，身体里面拥有这样一颗心脏，无疑是一种痛苦，轻而易举就会被最平常的事情磨损和伤害。后面说的这种情况就发生在亨利·梅西的身上，他与他那位兄弟在性格上是如此不同，亨利·梅西是镇上最仁慈、最温和的人。他会把工资借给那些不幸的人。过去，他常常会在周六晚上照顾那些父母去了咖啡馆的孩子们。可是，他同时又是一个极容易害羞的人，只需看看他那副样子就知道——这又是一个心脏肿胀、饱受折磨的苦命人。然而，马文·梅西却长成了一个胆大妄为、无所畏惧，而且异常残忍的家伙。他的那颗心生得简直跟撒旦头上的角一样冷酷无情，直到爱上艾米丽娅小姐之前，他带给自己兄弟和那个将他拉扯长大的善良妇人的，除了羞耻和懊恼之外，就再没有其他东西了。

谁曾想到，爱情居然扭转了马文·梅西的性格。两年来，他一直深爱着艾米丽娅小姐，但却并没有向她声言自己的爱意。他会站在她家房子的门边，手里拿着帽子，眼神温柔而渴望，看上去是灰蒙蒙的一片。马文·梅西彻底改过自新了：他对自己的兄弟和养母很好，存下了工资，学会了节俭。不仅如此，他也开始接触上帝了。每逢周日，他不再整天躺在门廊的地板上唱歌弹吉他，而是主动选择参加教会服务，并出席所有的宗教集会。他学会了遵纪守礼：培养主动起身，将自己坐的椅子让给女士的习惯。他不再骂人，不再打架，不再随便使用圣名。就是这样，在这两年的时间里，他成功完成了这一系列转变，在各个方面改善了自己的品格。然后，两年转变期正式宣告结束时，马文·梅西特地选了一天晚上，前往拜访艾米丽娅小姐，手里拿着一束沼泽鲜花，背着一大麻袋猪肥肠，还带了一枚银戒指——就在那天晚上，马文·梅西向艾米丽娅小姐表白了。

于是，艾米丽娅小姐就嫁给了他。这件事发生后，大家都想知道原因。有人说，这不过是因为艾米丽娅小姐本人想要收一些结婚礼物。另一些人则认为，这是艾米丽娅小姐住在切霍的那位婶祖母反复唠叨的结果——那是个可怕的老女人。无论是什么原因，反正那天，艾米丽娅小姐大跨步走在教堂的走道上，身上穿着已经死去的母亲曾经穿过的那件新娘礼服，这件礼服是用黄色绸缎制成的，衣摆至少短了十二寸。那是一个寒冬的午后，清朗的阳光照在教堂红宝石色的窗玻璃上，在圣坛前投射出一道奇异的光芒。诵读婚礼誓词时，艾米丽娅小姐一直在做一个奇怪的手势——她用右手掌不停摸弄自己那件绸缎制结婚礼服的衣摆，试图将手伸到她里面穿着的工装裤口袋里。因为无论怎么摸弄都没办法找到工装裤口袋，她的脸色开始变得不耐烦，看上去既无聊又愤怒。最后，当婚礼誓词终于说完，婚礼祷告也结束时，艾米丽娅小姐马上急匆匆地走出了教堂——她并没有挽起丈夫的胳膊，而是走在他前面至少两步远的地方。

教堂与她家商店之间没有多少距离，所以新娘和新郎就这样走回了家。据说，艾米丽娅小姐还在回家路上时，就已经开始跟一个农民谈起生意，打算买下对方拉着的一车柴薪。实话实说，她对待这位新郎的态度，跟她对待进店购买一品脱酒的客人们没有什么不同，所使用的应对方式也是完全相同的。尽管如此，到目前为止，发生的一切事情也算是足够平稳顺利的了。镇上的民众感到十分欣慰：当他们切实看到爱情令马文·梅西发生的转变时，便也希望这份爱能够彻底改变他所娶的这位新娘。或者至少，他们也希望新达成的婚姻关系有机会淡化艾米丽娅小姐的坏脾气，让她跟其他新娘子们一样，在结婚后能够稍微长胖一点，并且最终把她转变为一个有分寸的成熟女人。

他们都错了。那天晚上，躲在窗户外面暗中观察的一群小男孩说，当时发生的事情是这样的：新郎和新娘一起吃了由杰夫——也即一个专门为艾米丽娅小姐做饭的老黑人所准备的丰盛晚餐。根据新娘的要求，杰夫将所有东西都做了两份，不过新郎只是胡乱吃了些。吃完饭后，新娘就又去忙自己日常的那些事情去了——阅读报纸，完成店内库存清单等等。新郎满脸放松、愚蠢、幸福的表情，守候在门口，但艾米丽娅小姐完全没有注意到他。十一点，新娘拿了一盏灯，上楼去了。新郎紧随其后。到目前为止，发生的所有事情都足够正常，但随后的事情却是不圣洁的。

上楼不到半小时，艾米丽娅小姐就穿着马裤和卡其布夹克急匆匆地下了楼。她阴沉着一张脸，因为本来肤色就黑，看起来简直是黑乎乎的了。她砰地一声关上厨房门，还用很难看的姿势踢了它一脚。然后，她逐渐控制住了自己的情绪，将炉灶里的火拨旺，坐下来，把脚架在了厨房的炉子上。接着，她开始读起《农夫年鉴》，喝了咖啡，拿父亲的烟斗抽了一管烟。她的脸色原本很僵硬、严肃，现在总算是恢复了原本自然的颜色。读杂志的时候，她会时不时地停下来，在一张纸上写下年鉴中记载的一些有用信息。晨曦初照时，她走进自己的办公室，揭开打字机上罩着的遮布。她是最近才买下这台打字机的，还处在学习如何使用的阶段。以上就是她在新婚之夜所做的一切。到了白天，她走进自家院子里，仿佛什么事都没发生过一般，做了一些木匠活儿：把上周刚刚开始动工的兔子窝给敲打好了，打算拿到什么地方去卖掉换钱。

作为新郎，却不能跟自己挚爱的新娘一起睡觉，这可真让人难受。而且，整个镇子也都知道这件事了：第二天，当马文·梅西下楼时，身上穿的还是他那套结婚礼服，脸上露出一副病态的表情。天知道他是如何熬过这个漫漫长夜的。他也来到了院子里，观察着艾米丽娅小姐，但是离她很远。然后，快到中午时，他心里突然有了一个主意，当即朝着社会城的方向走去。回来的时候，他带来了礼物——一枚欧泊石戒指、一个当时很流行的粉红色珐琅饰品，一只镌刻有两颗心的银手镯，以及一盒花费达两美元五十美分的糖果。艾米丽娅小姐看了看这些美好的礼物，最后打开了糖果盒，因为她饿了。至于其他礼物，她精心评估、总结了其价值，然后便把它们放在柜台里出售。那天晚上的情况，就跟前一天一样，唯一的不同之处在于——艾米丽娅小姐取来自己的羽绒床垫，在厨房的炉灶旁搭建了一处临时床铺，而且睡得还很好。

事情就像这样持续了三天。艾米丽娅小姐依然跟往常一样开展自己的业务。有传言说，十英里外的路口将会修建一座桥梁，艾米丽娅小姐对这一消息抱有很大的兴趣。马文·梅西仍然跟在她的身边，从他的脸上就可以看出他目前的境遇，一目了然。随后，到了第四天，他做了一件极为欠考虑的事情：他去了一趟切霍，带了个律师回来。然后，在艾米丽娅小姐的办公室里，他当着律师的面签字画押，把自己在这个世界上所拥有的全部财产都转给了她——那是他用自己辛苦存下的钱买来的十英亩林地。她严肃地研究了一番那份文件，以确保没有任何被他欺骗的可能，然后便十分正式地把文件收进了办公桌的抽屉里。当天下午，太阳尚且在头顶高高照耀时，马文·梅西带上了一夸脱的威士忌酒，独自一人去了沼泽地里晒太阳。快到傍晚时，他喝醉了，双眼潮红，睁得贼大，直愣愣地朝着艾米丽娅小姐走去，一下子把手放在了她的肩膀上。他试图告诉她一些事情，但是，在他还没来得及开口之前，她的拳头死命一挥，已经猛地一下打到了他的脸上。这一下打得是如此之重，他整个人都跌撞到了墙上，嘴里的一颗门牙都被打断了。

这起事件的其余部分只能用大致的轮廓来稍微描述一下了。在艾米丽娅小姐第一次出手打过他之后，每当他喝醉时，只要她伸手碰得到，她都会揍他。最后，她甚至把他整个人都赶出了屋子，如此一来，他便不得不公开接受羞辱。白天，他都会在艾米丽娅小姐那栋宅子的边界线外晃悠，有时会用接近疯狂的表情盯着她看，手里拿着他那柄步枪，坐在那里，一边擦枪，一边目不转睛地注视艾米丽娅小姐。就算她心里害怕，那她也没有对外表现出来，不过，她脸上的表情倒是比以往任何时候都更加坚毅，而且还经常往地上吐痰。他最后一次愚蠢的努力，是在某天晚上从商店橱窗里直接爬了进去，在黑暗中端坐在那里，没有任何明确的目的，直到第二天早上她下楼才离开。因为这件事，艾米丽娅小姐立即出发去了切霍的法院，希望能够把他给锁在监狱里，避免再次发生非法闯入的情况。就在那天，马文·梅西离开了这个小镇，没有任何人看到他的离去，也没有人知道他究竟去了哪里。离开时，他在艾米丽娅小姐门下留了一封古怪的长信，一部分是用铅笔写成的，一部分是用墨水。这是一封疯狂的情书——但其中也包含了威胁的成分，他发誓说，自己此生必将报复她。他的这段婚姻只持续了十天。整个镇上的人们都体验到了特别的满足感，因为他们亲眼看到有个人被一系列羞耻又可怕的手段给彻底干掉了。

艾米丽娅小姐将马文·梅西曾经拥有的一切都收归己有——他的那片林地、他的镀金怀表，他的每一件财产。但是，她似乎认为这些东西对她而言并没有什么价值。那年春天，艾米丽娅小姐把他留下的那件三K党长袍剪掉，剪出来的布料拿来盖自己种的烟草苗。照此看来，他所做的一切事情，就是令她变得比以前更为富有，并且还给她带来了爱情。但是，奇怪的是，她每次提起他时，总是带有一种恐怖的、带着恨意的苦涩情绪。她也从来不曾提起他的名字，而是轻蔑地将他称呼为“跟我结婚的那个纺织机修理工”。

所以后来，当那些关于马文·梅西的可怕传闻传到镇里来时，艾米丽娅小姐反而很高兴。因为，一旦从爱情里挣脱掉之后，这个马文·梅西的真实性格终于显露出来了。他成了一个名符其实的罪犯，照片和名字刊登在了州里出版的全部报纸上。他抢劫了三间加油站，并用一把锯短的散弹枪打劫了社会城的大西洋与太平洋茶叶公司商店。他还被怀疑是杀死著名劫匪“眯缝眼萨姆”的凶手。以上所有这些罪行都与马文·梅西这个名字相关，以至于他的恶名在很多州县都打响了，让他成了个令人闻风丧胆的亡命之徒。尽管如此，他最后还是被绳之以法了：据说那次他喝得酩酊大醉，躺倒在某个林间小屋的地板上，吉他摆在身旁，右脚边有五十七美元现金。他被审讯后接受了法庭判决，并被送到亚特兰大附近的监狱服刑。艾米丽娅小姐对这个结果感到十分满意。

好吧，上述这些都发生在很久以前了，这就是艾米丽娅小姐结婚的故事。这故事如此怪诞，以至于在很长一段时间里，镇上的人们都拿它来作为嘲笑取乐的谈资。可是，尽管这段爱情故事的外在事实确实令人感到可悲又荒谬，但我们必须记住，真正的故事实际上只发生在那个爱人者本人的灵魂深处。照此看来，除了上帝之外，还有谁能最终评判这段、或者其他任何一段爱情呢？就在咖啡馆正式开业的头天晚上，还有好几个人突然想起了这个堕落的新郎，他现在可是镣铐加身，被锁在几十英里外的阴沉监狱里呢。随后，在接下来的几年时光里，马文·梅西这个人也没有被镇上的人们完全忘记。不过，人们也从来不会在艾米丽娅小姐或者驼背人面前提及这个名字。尽管如此，此人的激情过往与犯罪经历，以及他仍被困在监狱牢房里的事实，在艾米丽娅小姐的幸福爱情和运营咖啡馆的欢乐之下，仍旧像是一道随时都会令人深感不安的阴影，挥之不去。所以，请不要忘记这个马文·梅西，因为他即将在未来的故事当中扮演一个十分可怕的角色。

在商店成为咖啡馆的这四年时间里，楼上的房间始终没有改变。从艾米丽娅小姐出生至今，这栋房子的这一部分一直都保持着原样，就跟她父亲尚且在世时一样，而且，甚至很可能跟她父亲的父亲在世时也一模一样。大家已经知道，这三个房间简直干净整洁到无可挑剔。哪怕是最小的物件，也有着它确切的摆放位置，每天早上，艾米丽娅小姐的仆人杰夫都会负责擦拭一切。前面的那个房间属于莱蒙表哥——那也是马文·梅西在他曾经被允许住在这栋屋子里的那几个晚上住过的房间，在此之前，那房间曾是艾米丽娅小姐父亲的卧房。房间里摆着一只很大的衣橱、一个五斗柜（柜上盖着边缘带有钩边装饰的硬白麻布），还有一张大理石台面的桌子。房间里的床特别大，是那种带有四根床柱、床架上四处都有雕花的老式木床，由深色蔷薇木雕琢而成。床架上放有两块羽绒床垫、靠枕，以及其他一些手工制作的、能够使人睡眠更加舒适的床上用品。床很高，下面备有两级木制的台阶——以前从来都没有人使用过这些台阶，但是莱蒙表哥每天晚上都会把它们给抽出来，然后十分郑重地走上去睡觉。除了台阶，床下其实还有一只绘有粉红色玫瑰的中国痰盂，出于礼貌被推进了人们看不到的地方。打过蜡的暗色地板上没有铺地毯，窗帘是白色料子做的，边缘同样也有钩边装饰。

客厅的另一边是艾米丽娅小姐的卧室，这个房间的面积比前述的房间小，里面的陈设也很简朴。床很窄，由松木制成。一个五斗柜，专门用来放她的马裤、衬衫，以及礼拜天穿的衣服。除了五斗柜外，她还在墙壁上敲了两根钉子，用来挂去沼泽地时穿的大雨靴。这里没有窗帘、地毯，或者其他任何装饰品。

中间的那个大房间，也即客厅，装潢摆设上极为用心。壁炉前摆放的是蔷薇木沙发，座椅面上包着的绿色丝绒已经被磨得很薄了。好几张大理石台面的桌子，两台“胜家”牌缝纫机，一只大花瓶，里面插着几根蒲苇——所有的陈设都很气派堂皇。客厅里最重要的一件家具，是一只巨大的玻璃门橱柜，柜中藏有许多珍品和古董。艾米丽娅小姐在这一整套收藏中又增添了两件物品——其一是从巨大黑栎树上摘下来的大橡子，其二是一只里面装有两颗灰色小石子的小天鹅绒盒子。有时，当艾米丽娅小姐手头没什么事要忙时，便会取出这只天鹅绒盒子，掌心里攥着那两颗小石子，站在窗户旁边，低头端详它们，眼神中交织着迷恋、暧昧不决的敬畏和恐惧。这两颗小石子是艾米丽娅小姐本人的肾结石，几年前在切霍由一位医生从她身体里动手术取出来的——从第一分钟开始，一直到最后一分钟为止，那手术都是一场极为可怕的经历。但艾米丽娅小姐从中得到的，却只有这两颗小石子而已。因此，她肯定要把它们收藏在最好的地方，否则怎么对得起她当时遭受的苦难呢。就是这样，她一直好好保存着它们。然后，当她跟莱蒙表哥一起生活到第二年时，她把这两颗小石子装饰在了一条她送给他的表链上。艾米丽娅小姐为这套收藏增添的另一件物品——那个大橡子，对她来说应该也是极为珍贵的——但是，每当她注视那个大橡子时，脸上永远都会浮现出悲伤又迷茫的神情。

“艾米丽娅，这个有什么特殊意义吗？”莱蒙表哥问她。

“问这个干什么，就只是一个大橡子而已。”她回答道，“就只是一个大橡子，在我老爹死的那个下午，我捡回来的。”

“这样做又是什么意思呢？”莱蒙表哥坚持要问出个所以然来。

“我的意思是——就只是一个大橡子啊。那天，我偶然在地上捡到了它，然后就放进了自己的口袋里。但我完全不知道自己为什么会这样做。”

“真是一个古怪的收藏理由啊。”莱蒙表哥说。

艾米丽娅小姐和莱蒙表哥会在楼上的房间里聊天，这样的情况很多，时间通常是凌晨时分的头几个小时——因为驼背人睡不着觉。一般而言，艾米丽娅小姐是个沉默寡言的女人，不会因为一些碰巧钻到她脑袋里去的聊天话题而管不住自己的舌头，不会多说话。不过，有些话题她还是很愿意参与的。所有她喜欢的话题都有一个共同点——聊起来全无止境。她喜欢去思辨那些早在几十年前便可以解决，但却至今悬而未决的问题；另一边呢，莱蒙表哥喜欢参与任何话题，因为他本身就是个很厉害的聊天高手。他们的聊天方式完全不同：艾米丽娅小姐，总是保持着对某个问题的关注，若有所思，泛泛而谈，用低沉而深思熟虑的声音无休止地表达观点，天马行空，不切实际；莱蒙表哥则会突然打断她，接下话茬，絮絮叨叨地念叨起来，他专注细节，即使这些细节实际上并不重要，那至少也是具体的，并且具有一定的实用价值。艾米丽娅小姐最喜欢的一些讨论话题计有：繁星的奥秘，黑人为什么这么黑，癌症的最佳治疗方法等等。她的父亲对她而言也是一个很珍贵的、适合冗长讨论的主题。

“为什么呢，莱，”她会这样对莱蒙说，“那些日子里，我一直睡觉。灯还亮着，我回了床，然后就睡了——为什么，我睡得那么沉，就像整个人都被浸没在温暖的车轴润滑油里一样。然后，天亮了之后，老爹就会走进来，把手放在我的肩膀上。‘起床了啊，小家伙。’他会这样说。稍后，当炉火烧热之后，他又会从楼下厨房里朝着楼梯上面大喊道：‘炸玉米饼。白肉配酱汁。火腿加鸡蛋。’这时候，我就会跑下楼梯，在热炉子旁边穿好衣服，与此同时，他则在水泵上洗漱。接下来，我们会一起去蒸馏酿酒作坊，或者也许……”

“今天早上我们的炸玉米饼有点不太妙。”莱蒙说，“炸得太快了，里面都还没来得及加热。”

“在那些日子里，老爹会把蒸馏器里的酒全部倒出来……”类似这样的谈话会一直持续下去，艾米丽娅小姐长长的双腿会在炉前伸展开来。无论冬天还是夏天，炉子里总是有火，因为莱蒙极为怕冷。他坐在她对面的一张矮椅子上，脚不怎么碰得到地面。他的身体通常用毯子、或者绿色的羊毛披肩包裹起来。艾米丽娅小姐从来不在任何人面前提起她的父亲，莱蒙表哥除外。

这正是她表现出对他的爱意的方式之一。他对她那些最微妙和最重要的事情了若指掌。整个镇上只有他一个人知道艾米丽娅小姐标记全部威士忌酒桶埋藏地点的地图放在哪里：是在房子附近的某个地方。只有他一个人能够任意动用她的银行存折和古董柜钥匙。他直接从收银机里拿取现金，拿了大量的硬币，对它们在自己口袋里互相碰击时发出的响亮叮当声如痴如狂。他几乎拥有这栋房子里所有的东西，只要他一表现得不高兴，艾米丽娅小姐就会忙前忙后，找些礼物来逗他开心。这种情况十分常见，所以现在几乎没有什么东西可以再送给他了。她人生经历当中唯一不想向莱蒙表哥分享的那一部分，便是她为期十天的婚姻回忆。马文·梅西是他们两人之间从来没有讨论过的话题。

就是这样了，我们不妨让岁月慢慢流转，将时间点带到莱蒙表哥来到这个镇子六年之后的那个周六晚上吧。那是在八月份，天空就像一片整日燃烧着的火焰一般，高悬在小镇上方。此刻，绿色的薄暮已然临近，给人一种始得安宁的感觉。街道上累积了一层厚达一英寸的金黄色尘土，小孩子们半裸着身体在街上奔跑，他们经常打喷嚏、流汗，而且表现得烦躁不安。工厂早在中午时就关门了。主街上，房子里的人们坐在自家门前的台阶上，女人们手里拿着蒲叶制成的扇子。艾米丽娅小姐的房子前面竖着一块标牌，上面写着CAFÉ。屋后的廊道颇为凉爽，篱笆在廊道里投下了网格状的阴影，莱蒙表哥正坐在那里捣鼓冰淇淋机——在制作过程中，他多次打开装有盐和冰的机器外壳，取出里面的搅拌器，用舌头轻轻舔一下，看看冰淇淋做得怎么样了。杰夫在厨房里做饭。那天早上，艾米丽娅小姐在门廊墙上挂了一个告示牌：鸡肉晚餐——二十美分，只限今晚。咖啡馆已经开张了，艾米丽娅小姐刚刚在办公室里完成了一个阶段的工作。咖啡馆里的八张桌子全都坐满了人，机械钢琴奏响了清脆的音乐声。

门边一个角落位置，带着一个小孩坐在一张餐桌旁的那个人，是亨利·梅西。他此刻正在喝一杯酒，喝酒这件事，对于亨利·梅西而言是非常不寻常的，因为他喝酒很容易上头，转眼就会喝醉，然后要么痛哭，要么疯唱。他的脸色极度苍白，左眼皮持续抽动，频率相当快——当他情绪激动时，很容易就会变成这个样子。这天，他走进咖啡馆里，一言不发，人们打招呼欢迎他，他也没有搭话。他旁边那个小孩是霍勒斯·韦尔斯家的，那天早上他被艾米丽娅小姐留下来看病，现在还在这里。

艾米丽娅小姐情绪高昂地从办公室里走出来。她在厨房里处理、安排了一些细碎的事，然后便走进了咖啡馆里，手指间夹着一只母鸡的鸡屁股（那是她最喜欢吃的部位了）。她环视四周，确认一切情况都还不错，然后便走到亨利·梅西坐着的那个角落，跟他凑了一桌。她把餐椅转过来，椅背朝前，像骑马一样坐了上去，因为她只打算坐在这里打发时间，还没有准备要吃晚饭。在她穿着的工装裤屁兜里，有一瓶“万灵药”——一种由威士忌、冰糖和一种秘密原料配制成的药物。艾米丽娅小姐把瓶塞打开，直接把瓶嘴放到孩子嘴里。随后，她转身面对亨利·梅西，发现他的左眼皮正在快速抽动，便开口问道：

“你怎么了？”

亨利·梅西似乎想说点难以开口的话，可是在盯着艾米丽娅小姐的眼睛看了好一会儿之后，他咽了咽口水，选择了默不作声。

见他不开口，艾米丽娅小姐便将注意力放回了她的病人身上。这个孩子还小，全身上下只有脑袋露出了餐桌边缘，满脸通红，眼皮半闭，嘴巴微张。他的大腿上有个既大且硬、明显肿胀的疖子，家长把他带到艾米丽娅小姐这里，希望她能够马上把疖子挑破。不过，艾米丽娅小姐给孩子们治病时，用的却是与众不同的方法：她不喜欢看到孩子们受伤、挣扎，以及害怕的样子。因此，她这一整天都让孩子在自家宅子里外晃悠，给他吃甘草糖，并且让他频繁服用万灵药。傍晚时分，她把一块餐巾系在他脖子上，让他饱饱吃了一顿饭。现在，孩子坐在餐桌边，脑袋缓缓地左右摇摆，有时他呼吸的时候，还会发出些许有气无力的咕哝声。

突然，咖啡馆里传来了一阵骚动，艾米丽娅小姐马上转身，朝着骚动的方向看过去。原来是莱蒙表哥进来了。就跟之前的每一天晚上一样，驼背人大摇大摆地走进了咖啡馆，站在了房间的正中央。只见他迅速停下脚步，机灵地环顾了一下自己四周的情况，总结了一下在场众人的状况，并快速确定了自己当天晚上需要表达出怎样的一系列情绪，方才显得妥当。驼背人是个了不起的恶作剧专家。只要能够挑起事端，他就会感到开心得意。他拥有这样一种奇妙的本事，哪怕一言不发，都能够让人们展开对话，并且争论不休。

两年前，他曾经成功怂恿雷尼家的双胞胎为了一把弹簧刀大吵了一架，自那以后，兄弟俩就再没跟对方讲过一句话。瑞普·威尔伯恩和罗伯特·卡尔弗特·黑尔之间之所以会打那场你死我活的架，也跟他脱离不了干系——总之，自从驼背人来到镇上之后，这里的每场争斗都跟他有关。他抓住一切机会打探消息，把每个人的隐私都调查得一清二楚，只要醒着，他就会想方设法介入别人的生活。然而，最奇怪的地方在于，尽管如此，咖啡馆之所以这么受欢迎，其中最大的功臣，依旧是这个驼背人。只有当驼背人在场时，一切才会显得如此热闹。当他走进房间时，马上就能给人们带来一种紧张感，因为这个大红人从来都不会预先告诉你，今天可能会有什么事情降临到你的头上；咖啡馆里将有什么突发状况，他也不会明说——一切都是无法预料的。恰恰因为知道这里很有可能会爆发骚动或者灾难，客人们才感到特别自在，才能够肆无忌惮地享受好时光。就是这样，当驼背人走进咖啡馆时，所有人都会把目光投到他的身上，同时爆发出一阵快速嘈杂的说话声，以及拔出酒瓶软木塞时的啵啵声。

莱蒙朝坐在梅里·莱恩和亨利·福特·克里姆身边的“矮墩墩”麦克费尔挥了挥手。“我今天徒步到锈湖钓鱼去了。”他说，“走在半路上时，我踩到了一个东西——那玩意儿，我一开始还以为是棵倒下的大树呢。可是，当我踩着它走过去时，突然觉得脚下有什么东西动了一下。于是，我又仔细瞧了一眼……嗐，我竟然踩在了一只大鳄鱼身上。这鳄鱼大得惊人，足有前门到厨房那么长，身体比一整头大肥猪还要粗。”

驼背人喋喋不休。在场的每个人都会时不时地看看他，有些人会一直听他不停讲，有的则没有。有时候，他说的每一句话都只是撒谎或者吹牛——他今晚说的就没一句是真话。因为到了夏天，他扁桃体发炎，今天一整天都躺在床上，直到傍晚才刚刚从床上起来，折腾了一番冰淇淋机。每个人都知道这件事，但他还是站在咖啡馆正中间，继续讲一些这样那样的谎话，牛皮吹破天：客人们听得耳朵都要起茧了。

艾米丽娅小姐双手插在口袋里，瞧着他，脑袋歪向一边。她那双灰色的怪眼睛里带有一种温柔的感觉，脸上不知不觉露出了微笑。有时，她也会把目光从驼背人身上挪开，瞥一眼咖啡馆里坐着的其他人——每当她这样做时，脸上的表情都会显得很自豪，同时也展示出一丝威胁的态度，仿佛是在告诉大家，谁敢站出来阻止驼背人继续犯傻，她一定不会客气。晚餐的摆盘已经弄好了，杰夫正在一份一份地把碟子端上来，咖啡馆里新装的电风扇给客人们带来一阵阵舒心的凉意。

“这个小家伙睡着了。”亨利·梅西终于开口了。

艾米丽娅小姐低头看了看自己旁边的这个小病人，调整好脸上的表情，为应付这件事做好了准备。此刻，孩子的下巴搁在桌子边上，口水——要么就是万灵药——正从他嘴角边冒出来。他的眼睛闭得很紧，一小群蚊子在他眼角附近飞来飞去。艾米丽娅小姐伸出一只手，放在他脑袋上，用力摇了摇，但这小病人并没有醒过来。于是，艾米丽娅小姐便直接把孩子从桌子上抬起来，一边小心翼翼地不去碰他腿上的痛处，一边走进了自己的办公室。亨利·梅西跟在她后面，他们一起关上了办公室的门。

那天晚上，莱蒙表哥觉得很无聊。没有什么有意思的事情发生，尽管天气炎热，咖啡馆里的客人们倒也很高兴。亨利·福特·克里姆和霍勒斯·韦尔斯一起坐在咖啡馆正中间的那张餐桌，勾肩搭背，被一个冗长的笑话逗得咯咯直笑——但是，当驼背人走近他们时，却完全找不到笑点，因为他已经错过了整个故事的开头。月光照亮了尘土飞扬的街道，路旁矮小的桃树黑压压地聚集在那里，枝叶纹丝不动：因为外面连一点点风都没有。沼泽地里飞来的蚊子发出昏昏沉沉的嗡嗡声，仿佛静籁夜晚的轻微回响。镇上黑漆漆的，除了去往右边的那条路上还有一盏灯在闪烁。黑暗中的某个地方有个女人正在唱歌，声音高亢，充满野性，那曲调既没有开头，也没有结尾，而是仅由三个音符构成，反反复复地循环下去。驼背人靠在门廊的扶手上，低头望着空荡荡的街道，仿佛希望有人来访。

这时，他身后传来了脚步声，说话声也随之而来："莱蒙表哥，你的晚餐摆在桌子上了。"

"今天晚上我的胃口很差，"一整天都在吃甜鼻烟的驼背人说，"我嘴巴里有一股子酸味。"

"那就随便吃点好了，"艾米丽娅小姐回应道，"有鸡胸、鸡肝，还有鸡心。"

他们一起走回灯火通明的咖啡馆里，跟亨利·梅西坐在一桌。他们这张餐桌是咖啡馆里最大的一张，上面摆着一只可口可乐玻璃瓶，瓶子里插着一束沼泽百合花。艾米丽娅小姐已经处理完小病人的事情了，她对自己的表现感到十分满意。在此之前，他们在紧闭的办公室门后动手时，只传出来几声半梦半醒的呜咽声，在小病人可能醒来、可能感到惊慌失措之前，一切就已经结束了。此刻，这孩子正趴在他父亲的肩膀上，沉沉地安睡了过去，他的小手臂在父亲背上晃来晃去，鼓鼓的脸颊看起来红扑扑的——他们正启程离开咖啡馆，打算回家。

亨利·梅西仍然保持着沉默。他小心翼翼地吃着晚餐，吞咽时没有发出任何声音，也没有像自称没有食欲的莱蒙表哥那样，贪心十足，一份接一份地干掉面前的晚餐。亨利·梅西偶尔会抬头看一眼坐在他面前的艾米丽娅小姐，但却始终保持着沉默。

这是个很典型的周六夜晚。一对专程从乡下过来的老夫妇在咖啡馆门口犹豫了许久，彼此握住对方的手，最后终于决定进屋。这对老夫老妻，他们已经共同在乡下生活那么久了，越长越相似，看起来简直像是双胞胎一样。他们皮肤黝黑、身型干瘪，活像两颗行走的花生米。那天晚上，这对老夫妻很早就离开了，到了午夜时分，大部分客人都离开了。罗瑟·克莱恩和梅里·莱恩仍然坐在那里玩跳棋，“矮墩墩”麦克费尔则呆坐在桌旁，桌上放着一瓶酒（他妻子不允许他在家里喝酒），嘴里念念有词。亨利·梅西也没有走，这件事并不寻常，因为他几乎总是在夜幕降临后不久便回去睡觉了。艾米丽娅小姐睡意朦胧地打了个哈欠，但莱蒙仍然有些不安分，所以，她也并没有建议他们马上关门过夜。

最后，到了凌晨一点钟时，亨利·梅西抬头看着天花板的角落，轻声对艾米丽娅小姐说：“我今天收到了一封信。”

艾米丽娅小姐对此不以为意，因为对于她而言，各种商务信函和产品目录根本就是纷至沓来，并不稀奇。

“我收到了我兄弟寄来的一封信。”亨利·梅西接着说了下去。

一听到这话，那个把双手紧扣在脑后、正在咖啡馆里学鹅步的驼背人突然站住了。他总是能很快感觉到人群中谈话气氛的变化。他依次瞥了瞥房间里的每一张脸，等待着后续。

艾米丽娅小姐皱起眉，右手握紧成拳。“谢谢你告诉我这件事。”她说。

“他目前正在假释期。他已经不在监狱里了。”

艾米丽娅小姐脸色阴沉，尽管夜晚一点也不冷，她的身体却在发抖。“矮墩墩”麦克费尔和梅里·莱恩一把推开了他们此时正在进行的那盘跳棋游戏。咖啡馆里很安静。

“谁啊？”莱蒙表哥问道。他脑袋上的那对苍白大耳朵似乎变得更大了，而且看起来很僵硬。“什么意思？”

艾米丽娅小姐猛一下把双手手掌拍到桌子上。“因为那马文·梅西就是个……”但她的声音突然哑了下去，片刻之后，她只是说：“他就应该一直住在那监狱里，把牢底坐穿。”

“他做过什么？”莱蒙表哥问。

对话陷入了长时间停顿，因为没有人知道应该如何回答这个问题。“他抢劫了三间加油站。”“矮墩墩”麦克费尔说。但是，他的这番话听起来却并不完整，给人一种还有些罪行故意留着没说的感觉。

驼背人不耐烦了。众人皆知，他却被排除在外，这种情况是他最不能忍受的，哪怕他不知道的东西实际上是难以承受的苦难。马文·梅西这个名字，对他而言是完全陌生的，但却勾起了他莫大的兴趣，就跟任何其他人知道但他却一无所知的那些话题一样——比如，当人们提到在他来小镇之前就已经被拆毁的老锯木厂时，或者偶尔说起可怜的莫里斯·费因斯坦，或者回想起他来之前发生的任何事件，他都表现得兴致勃勃。除了天生的好奇心之外，驼背人也对各种强盗行径和犯罪行为非常感兴趣。只见他一边在餐桌边摇头晃脑，一边反复嘀咕着“假释”和“监狱”这两个词。可是，尽管他反复诘问众人，却始终找不到任何线索，因为没有人敢在咖啡馆里当着艾米丽娅小姐的面提马文·梅西。

“这封信里并没有说太多，”亨利·梅西说，“他并没有说自己要去哪里。”

“哼！”艾米丽娅开口了，她的脸色还是很阴沉，表情硬邦邦的。“绝不允许他那条狗腿踏入我这宅子一步。”

她把椅子推回到餐桌里，打算让咖啡馆打烊了。思考马文·梅西的事情或许让她感到有些焦虑，因为她把收银机拖进了厨房里，放到了一个挺私密的地方。亨利·梅西沿着漆黑的街道走了。但是亨利·福特·克里姆和梅里·莱恩仍旧在前廊上徘徊了一段时间。后来，等到一切尘埃落定之后，梅里·莱恩当众宣布，发誓自己在那天晚上得到了神启，成功预言了这一切。不过全镇人对他说的这番话一点也不在意，因为梅里·莱恩这个人本来就总是说这种话。当晚，艾米丽娅小姐和莱蒙表哥在客厅里单独聊了好一会儿。最后，驼背人觉得自己该睡了，她便把蚊帐支在了他的床上，等他做完晚祷。然后，她才穿上长长的睡衣，抽了两管烟，过了很久才睡着。

那年秋天是一段快乐时光。乡间的农作物收成很好，在佛克斯弗斯市场，当年的烟草价格长期保持坚挺。经过漫长而炎热的夏季，首次迎来一段凉爽的日子，那是独属于秋高气爽季节的甜蜜。秋麒麟草沿着尘土飞扬的道路疯长，甘蔗已经成熟，变成了紫色。每天都有长途汽车从切霍开来，把一些年幼的孩子带到联合学校去接受教育。男孩子们在松林里狩猎狐狸，冬天盖的棉被被翻找出来，清洗过后，挂在晾衣绳上晾干。为了应付接下来的寒冷月份，人们把稻草铺在地里种的红薯上，避免红薯到时受冻。傍晚时分，烟囱里冒出了细细的一缕缕烟丝，秋夜的天空中，月亮滚圆，映射出橘橙色的光芒。入秋之后，最开始一段时间里的寒冷夜晚十分安静，除了这段时间，那种静籁无处可寻。有时，夜深且没有风的时候，在镇上间或能听到火车经过社会城、前往北方路途遥远之地时隐约发出的一阵汽笛声。

对于艾米丽娅·埃文斯小姐而言，这是一段非常有意义的时光。她从黎明时分开始工作，一直要忙到日落。她还专门为自己的酿酒作坊定制了一台崭新的、比先前那台更大的蒸馏冷凝器。借助这台机器，她在短短一个星期之内就生产出了足够放倒全县人的美酒。她那头老骡子因为磨了太多的高粱，把头都给转晕了。她把自己的梅森瓶烫了一下，做起了梨子蜜饯。她十分期待今年的第一次霜冻，因为她交易回来了三头奇大无比的生猪，打算做很多的烤肉和肥肠，再灌一大堆香肠。

在这几个星期里，很多人留意到，艾米丽娅小姐身上出现了一些新的习惯。她常常开怀大笑，笑声如同低沉的响铃声，吹口哨时，她会特地吹一支很流行的、韵律复杂的曲子。她总是在测试自己的力量，经常举起一些沉重的东西，或者用手指戳自己强硬的肱二头肌。有一天，她坐到打字机前，写了一个故事——故事里有很多外国人、暗门，还有数百万美元。她做这一切时，莱蒙表哥始终伴随她左右，始终跟在她屁股后面，晃来又晃去。当艾米丽娅小姐注视着他的时候，她的脸上会浮现出一种明亮又柔和的表情；当她呼唤出他的名字时，声音里也裹挟着爱情所特有的韵味。

第一阵寒潮终于来袭。这天早上，当艾米丽娅小姐醒来时，窗玻璃上结满了霜花，院子里的草地全部变成了银色。艾米丽娅小姐先是在厨房的炉灶里燃起了极为旺盛的一团火，然后便出门去判断天气走向。空气寒冷而清冽，天空呈青白色，万里无云。不久之后，人们纷纷从县里来到这里，打听艾米丽娅小姐对后续天气的看法：她的决定是，杀死那头最大的生猪。这个消息迅速在全县传开了。就这样，生猪屠宰完毕，在特地挖来烧肉的坑洞里，开始发出微微的橡木火光。后院里飘来猪血味与烟气夹杂的温暖气息。人们忙乱的脚步声此起彼伏，你一言我一语，在冬天的空气里萦绕回响。艾米丽娅小姐走来走去，发号施令，很快，大部分的工作就完成了。

那天，她在切霍有一些特别的事情需要处理，所以，在确定一切顺利之后，她就把汽车发动了起来，准备离开。她问莱蒙表哥愿不愿意跟她一起来，实际上她已经问过他七遍，但他不愿意离开眼前这个喧哗又热闹的场面，想要留下来。他的这一决定似乎令艾米丽娅小姐多少感到有些困扰，因为她总是喜欢身边有驼背人作伴。而且，当她不得不离开家时，无论前往的距离是远还是近，都会变得特别想家。不过，既然都已经问过他七遍，她也不打算再继续敦促他同行了。在离开之前，她找来一根木棍，沿着烧烤坑边缘大约两英尺的距离画了一条很粗的线，并告诉他不要越界。午饭过后她就离开了，打算在天黑之前回来。

彼时，自切霍沿公路前往其他地方的路上，有一辆卡车或者轿车途经我们这个镇子，已经不算什么稀罕事了。税务机关每年都会派人过来，跟艾米丽娅小姐这样的富人争吵不休。而且，如果镇上有什么人（比如梅里·莱恩）试图通过分期付款这样的方式来购买汽车，或者仅仅支付三美元不到的首付，就能搬一台高级电冰箱回家时（正如他们在切霍那些商店橱窗广告里所宣称的那样），那就准会有个城里人到镇上来，问出一串鸡毛蒜皮的问题，揪出对方所有的毛病，彻底破坏他利用分期付款买东西的机会。有时候——特别是佛克斯弗斯公路开始修建以来——会有载着苦役犯的卡车经过这个小镇，苦役犯之间全部用镣铐串起来。开轿车经过的人们经常会迷路，不得不在镇上停下来，询问应该如何才能找到正确的路。如此这般，那天下午的晚些时候，有一辆卡车经过纺织工厂，停在艾米丽娅小姐咖啡馆附近的道路中央，也就不算是什么令人感到奇怪的事情了。有个男人从卡车后面跳了下来，然后卡车就开走了。

那人站在马路中央，环顾四周。他是个高个子男人，一头棕色卷发，一双迷人的、深蓝色的眼睛。他的嘴唇是红色的，脸上带着懒洋洋的微笑，嘴巴半张不张，这幅模样，看起来就跟那些爱吹牛的家伙们一个样。这男人身穿一件红色衬衫，系一条很宽的雕花皮带。手里拿着一只铁皮手提箱，还有一把吉他。第一个看到这副新面孔的人正是莱蒙表哥，他早就听到了卡车换档的声音，特地走过来看个究竟。驼背人把自己的脑袋靠在门廊的拐角处窥探，但却没有完全走出去，没让自己完全现身。他和那个男人目光交汇，互相盯着对方看，根本不像是两个陌生人第一次见面时、彼此间飞快地打量一番，并随之总结出第一印象的那种感觉。他们两人之间交换的、是一种颇为怪异的眼神，就像两个罪犯突然认出了对方似的。然后，那个穿红衬衫的男人耸了耸自己左侧的肩膀，转身离开了。驼背人注视着那个男人，看他沿着马路越走越远。此刻，驼背人的脸色十分苍白，过了一会儿，他开始小心翼翼地跟着那个男人后面走，与他之间相隔许多步，隔得很远。

马文·梅西又回来了的消息，马上就在全镇传开了。他先去了纺织工厂，懒洋洋地把两只手肘撑在工厂的窗台上，朝着里面张望。就跟所有天生不愿做正经事的懒汉们一样，他挺喜欢看别人努力工作。一见到马文·梅西来了，整座工厂很快便陷入了一种缺乏实感的混乱状态。染色工人们离开了滚烫的染缸，纺纱工和织工们忘记了自己手边的机器，甚至连工头“矮墩墩”麦克费尔也不知道该如何是好。马文·梅西的脸上，仍旧保持着嘴巴半张不张的微笑，看起来似乎有些生气。当他看到自己的兄弟时，他脸上那副爱吹牛家伙的表情也没有发生任何改变。视察完工厂之后，马文·梅西沿着马路一路走到他从小长大的那栋房子前面，把手提箱和吉他放在了门廊上。随后，他又绕着蓄水池走了一圈，看了看镇上的教堂、三家商店，还有其他一些地方。驼背人悄悄跟在他身后较远的地方，双手插在口袋里，小小的脸依旧显得很苍白。

天色已晚。红色的冬日夕阳正在落山，西边天空中浮现出暗金色与猩红色交织的晚霞。羽毛杂乱的烟囱雨燕飞回到它们的巢穴里，各处的灯光渐次点亮了。时不时能嗅到一股做饭时的炊烟味；咖啡馆后院的土坑里，大块的肉正被慢悠悠地熏烤着，到处都能闻到温暖浓郁的烤肉香气。马文·梅西在镇里绕了一大圈，巡视完毕之后，便在艾米丽娅小姐的宅子前停了下来，看了一眼门廊上方挂着的咖啡馆标志。然后，他毫不犹豫地走了进去，横穿宅子侧边的院子，朝着后院走去。这时，工厂那边传来一阵单薄又寂寞的汽笛声，白班工人已经交班完成，正式下班了。很快，除了马文·梅西，艾米丽娅小姐的后院里又来了一些人——亨利·福特·克里姆、梅里·莱恩、“矮墩墩”麦克费尔，以及为数不少的小孩和大人：这群人全部都站在艾米丽娅小姐产业的边缘位置，观察着后院里的动静，几乎没人开口说话。马文·梅西独自一人站在土坑的一侧，其余人聚集在另一侧。莱蒙表哥站的位置和大家保持了一段距离，他一直注视着马文·梅西的脸，目光一刻也不曾挪开过。

“你在监狱里玩得开心吗？”梅里·莱恩开口问道，同时发出一声傻笑。

马文·梅西没有回答。他从自己屁兜里取出一把大弹簧刀，慢慢把刀身拉出来，将刀刃压在背后的裤兜上磨了磨。梅里·莱恩突然变得非常安静，直接躲到了“矮墩墩”麦克费尔宽阔敦实的背后。

艾米丽娅小姐几乎在天黑透了时才到家。隔着很远的距离，他们便已听到她那辆汽车的响动声，然后是“砰”的一下关车门的声音，接下来是好一阵子颠簸前行的声音，就好像她正把什么东西往宅子的门廊上拖一样。太阳已经落山，空气中弥漫着早冬时节傍晚特有的蓝色烟气。艾米丽娅小姐慢慢走下后院台阶，院子里的那群人非常安静地等待着。这个世界上几乎没人有本事去挑战艾米丽娅小姐，至于马文·梅西，她本身对他也怀抱着某种特殊且痛苦的恨意。在场的每个人都等着看她爆发出一阵可怕的叫喊声，随手抓起一些危险的物件，把他彻底赶出镇子。一开始时，艾米丽娅小姐并没有看到马文·梅西。离开一段距离又回到家之后，她的脸上总是会露出舒缓放松、宛如梦幻般的神情，这是她的天性。

艾米丽娅小姐肯定是在同一时刻既看到了马文·梅西，又瞧见了莱蒙表哥的。她的目光从一个人望向另一个人，但是，她那略显病态的惊奇凝视，最后并没有落在监狱归来的浪子身上——和其他所有人一样，她也在注视着莱蒙表哥，而他此时的表现，确实值得一看。

驼背人站在土坑的尽头处，坑里橡木柴薪阴烧时发出的黯淡火光辉映在他苍白的脸上，反射出柔和的光芒。莱蒙表哥有个非常奇特的能力，每当他想要跟某人搞好关系时就会用到。展现这种能力时，他会先站定，一动不动，只要稍微集中一下注意力，他就可以以惊人的速度、轻轻松松地来回扇动他那对苍白的大耳朵。过去，当他想要从艾米丽娅小姐那里得到一些特别的东西时，他总是会用这个把戏，对于艾米丽娅小姐而言，驼背人的这一招数简直是不可抗拒的。此时此刻，驼背人站在那里，一对大耳朵在他脑袋上面疯狂扇动，不过这次，他要花招的对象却并非艾米丽娅小姐——驼背人正在冲着马文·梅西微笑，脸上写满了恳求，表情几近绝望。起初，马文·梅西根本没有留意到他，然后，他终于瞥了一眼这个驼背人，对于这番表演也完全无动于衷。

“这个断背佬是不是有什么问题？”他猛地一下竖起拇指，指着驼背人，粗鲁地问道。

没有人回答这个问题。反观莱蒙表哥，他眼看自己这项能力对面前那人完全失灵，马上又加入了一些新招数，试图增加说服力。他想办法让眼睑不断跳动，仿佛自己的眼皮底下藏了几只苍白颜色的蛾子似的。随后，只见他在地上刮了刮脚，磨蹭两下，挥了挥手，最后终于开始跳一段动作幅度很小的舞蹈。在这冬天里的傍晚时分，他身处周遭最后一道阴暗光线下，活像一个在沼泽地里扮鬼捣乱的怪小孩。

后院里有那么多人，唯独马文·梅西对此不以为然。

“这个侏儒仔，莫非正在冲我发脾气？”他问道。眼见没有任何人回答，他便直接走上前去，狠狠地抽了莱蒙表哥一个耳光。驼背人被抽得站立不稳，晃晃悠悠，最后一下子栽倒在地上。他就这样坐在栽倒的地方，仍然抬头看着马文·梅西，而且还用尽全力，努力让自己的大耳朵扇动了最后一下。

此时，大家又纷纷转过头来望向艾米丽娅小姐，想看看她会做什么。这些年来，没有任何人敢动莱蒙表哥，甚至连他脑袋上的一根头发都不敢碰——尽管很多人心里确实很想这么做。哪怕有人跟驼背人说话时稍微有些不客气，艾米丽娅小姐都会马上取消这个皮痒痒家伙的赊账权，并在很长一段时间内想出各种办法来收拾他，让他生不如死。因此，驼背人现在遭遇了这样的事，就算艾米丽娅小姐直接去把后门廊放着的那柄斧子取来，将马文·梅西的脑袋一劈两半，也没有任何人会觉得意外。但是，她却并没有那样做。

有时候，艾米丽娅小姐会陷入到某种恍惚状态中。造成这类恍惚状态的原因通常是已知的，是可以理解的：因为艾米丽娅小姐本身是个做事细致的医生，不会直接把沼泽树根和其他各种成分不明的草药碾碎，在未经测试的情况下随便交给当天第一个过来看病的病人试药。每当她发明一种新药时，总是会自己先测试一下。试药时，她会直接服下很大剂量的新药，然后，隔天她会在咖啡馆和砖砌的洗手间之间来回跑很多趟，心事重重，若有所思。通常而言，如果突然出现剧烈的肠绞痛，她都会选择马上站立不动，用她那双奇怪的眼睛死盯着地面，双手握紧拳头，陷入恍惚状态。此时，她正试图确定身体内部具体是哪个器官正在跟新药起反应，以及新药最有可能治愈的疾病。现在，当她注视着眼前的驼背人和马文·梅西时，脸上也露出了同样的表情——紧张地确定着身体内部所承受的痛苦，尽管那天她并没有吃任何新药。

“这一下是教训教训你的，断背佬。”马文·梅西说。

亨利·梅西把自己前额上耷拉着的一撮白发往脑袋后面一推，紧张地咳嗽起来。“矮墩墩”麦克费尔和梅里·莱恩颇不自在地动了动自己的脚，站在宅子周围的小孩和黑人们没有发出任何声音。马文·梅西将自己磨过两下的那柄弹簧刀折起来，气定神闲地环视了一圈周围这些人，然后便大摇大摆地离开了后院。土坑里的柴薪余烬变成了羽毛形状的炭灰，此刻众人眼前已是漆黑一片。

如上所述，马文·梅西出狱回镇便是这样一回事了。整个镇上没有任何人对于重新见到他这件事感到高兴。就连玛丽·黑尔太太——这个以仁爱和关怀辛苦抚养他长大的善良女人——也是如此。刚见到他回家时，这位年纪已经很大的养母甚至丢下手里正拿着的煎锅，当场泪流不止。然而，这世间已经没有什么能够打动马文·梅西了。他坐在黑尔家的后院台阶上，懒洋洋地拨弄着吉他，当晚饭准备好了时，他便把家里的孩子们挤开，自己拿上一大堆，尽管玉米饼和白肉实际上根本就不够大家吃。吃完饭后，就在客厅里直接找个最好最暖和的地方睡觉，睡得很好，完全不会被噩梦惊扰。

那天晚上，艾米丽娅小姐的咖啡馆闭门谢客。她非常小心地把门和窗户都锁上了，那晚没有人再见到她和莱蒙表哥，反正，她房间里的那盏灯烧了一整晚。

不出所料，马文·梅西一回来就招致了不幸。第二天，天气突然大变，一下子就变得很热了。即便是在清晨，空气中仍旧有一种黏糊糊的闷热感，风中挟带着沼泽地里传来的腐败臭味，一大群嗡嗡乱叫的蚊子在遍布绿色腐水的蓄水池上空飞舞。这种情况完全不合常理，比八月份时的天气还要糟糕，人们损失惨重。县里几乎每个家里养了猪的人都跟随了艾米丽娅小姐的做法，在这糟糕天气的前一天宰掉了家里的猪。只是，在如此天气的作用下，什么样的香肠有可能保存完好？几天后，到处都能闻到猪肉慢慢腐烂时发出的气味，还有一种使人意志消沉的浪费感。更糟糕的是，佛克斯弗斯公路附近有一家人办聚会，吃了烤猪肉，结果无一幸免，全都死了。很明显，他们的生猪已经感染上了瘟病——谁知道其他猪肉是不是安全？人们在对猪肉的美味渴望与对死亡的恐惧之间徘徊纠结。这是一个以浪费和困惑为代表的时期。

造成这一切的原因，也即马文·梅西，对此一点也不感到羞愧。镇上哪里都能看到他。别人工作的时候，他就在工厂附近闲逛，隔着窗户往厂里看；星期天，他穿上红色的衬衫，背着吉他在路上游荡。他还是很英俊的——棕色的头发、红色的嘴唇，还有宽阔又强壮的肩膀；但是，他内心的邪恶早已传开，远近闻名，长得再帅也无济于事了。

实话实说，马文·梅西的邪恶并不是由他实际犯下的罪行来衡量的。诚然，他确实抢劫了那些加油站。在此之前，他还毁掉了县里最温柔姑娘们的清白，甚至为做过这种事而哈哈大笑。任何形式、任意数量的恶行都可以从他身上找出来，除了这些罪行之外，他身上还藏有一种私密且卑鄙的犯罪者特征，几乎像身上自带的体味一样，跟他形影不离。除此之外，还有一点——他从来都没有出过汗，甚至在八月份都不会出汗，这肯定是个值得好好推敲一番的诡异现象。

眼下，镇上居民们都觉得他比以前更危险了，他们普遍认为，住在亚特兰大监狱里的那段时间里，马文·梅西必定学会了某种专门魅惑人的秘法。否则，又该如何解释他对莱蒙表哥造成的影响呢？自打这驼背人第一眼见到马文·梅西，便被一种不自然的精神力量给勾引了。他每一分钟都想跟在这个囚犯身后，满脑子愚蠢的计划，试图吸引他来关注自己。尽管如此，马文·梅西的态度还是没有丝毫改变，他要么面目可憎地对待他，要么完全没有注意到他的存在。有时，驼背人会选择放弃，垂头丧气地坐在宅子前门廊的栏杆上，如同一只缩在电话线上的病鸟，毫不避讳地向所有人表达自己的悲伤情绪。

“可是，为什么要这样做呢？”艾米丽娅小姐问道。她用自己那双灰色的斗鸡眼注视着他，双拳握得紧紧的。

“噢，马文·梅西，”驼背人唉声叹气道——光是提起这个名字，都足以扰乱他啜泣时的节奏，惹得他打了个嗝，“他可是去过亚特兰大的啊。”

艾米丽娅小姐摇了摇头，脸色阴沉，面部僵硬。首先，她对任何旅行都没有耐心：那些曾经去亚特兰大旅行过的家伙，或者不惜离家五十英里、只为去看看大海的人——那些不安分的人，恰恰是她最为鄙视的。“他是去过亚特兰大，但这也没什么了不起的。”

“他还坐过牢。”驼背人说，心中的渴望令他痛苦万分。

对于这种稀奇古怪的嫉妒，你又能如何去反对呢？因为对此感到困惑不解，艾米丽娅小姐自己都不太确定自己正在劝说些什么。“不就是坐过牢而已吗，莱蒙表哥？为什么呢，这样一种经历，可不值得拿出来向大家吹嘘啊。”

这几周时间里，艾米丽娅小姐的一举一动受到了大家的密切关注。她心不在焉地忙进忙出，脸色诡异，仿佛已经陷入到又一次肠绞痛时的恍惚状态之中。出于某种原因，马文·梅西回来之后，她就再也不穿工装裤了，反而总是穿那条她以前只在礼拜日、葬礼上和去法庭打官司时才穿的红色裙子。随着时间流逝，她开始主动采取一些措施，试图消除这种不寻常的状况。但她的努力方向却很难令人理解。既然眼睁睁看着莱蒙表哥跟随马文·梅西在镇子里到处乱逛这件事令她感觉难受，那她为什么不干脆一劳永逸地解决问题，为什么不直接告诉驼背人，如果他还继续跟马文·梅西打交道，她就会把他扫地出门？这本来是再简单不过的事情，莱蒙表哥将不得不去顺从她的意思，否则，他就不得不去面对这样一个令他感到万分遗憾的事实：这世界上将再也没有他的容身之所。但是，在这件事情上，艾米丽娅小姐似乎完全失去了自己一以贯之的意志力。这是她人生当中第一次犹豫不决，完全不知道该采取怎样的行动。而且，就跟大多数处于类似不确定境地的人们一样，她做了最糟糕的决定——同时采取好几个行动，而所有这些行动，实际上都是相互矛盾的。

跟往常一样，咖啡馆每天晚上都开门。奇怪的是，每当马文·梅西身后紧跟着驼背人，大摇大摆地走进咖啡馆大门时，她从来都不曾把他撵出去，甚至还给他提供免费的酒品，并且以一种狂野而扭曲的方式向他微笑。与此同时，她又在沼泽地为马文·梅西设置了一个可怕的陷阱，如果他被这个陷阱逮住，肯定是必死无疑。她让莱蒙表哥邀请马文·梅西过来吃礼拜日晚餐，然后试图在他下台阶时把他绊倒。为了莱蒙表哥，她开启了一场了不起的寻欢作乐之旅——进行一系列令她感到精疲力尽的旅行，参加遥远地方举办的各种新奇活动，驱车三十英里前往肖托夸参加文化讲习集会，带他到佛克斯弗斯观看游行活动。总而言之，对于艾米丽娅小姐而言，这是一段分散注意力的休假时期；对于大多数人而言，她的行为已经越来越离谱、越来越不着边际了——每个人都期待着看到结果将会如何。

天气又变冷了，冬天重回小镇，工厂里的最后一批白班工作完成之前，天就已经黑透了。睡觉时，孩子们穿着自己所有的衣服，女人们把裙子的后摆撩起来，在炉火边烤火，睡意朦胧。下过雨之后，路上的泥土结了冻，留下硬邦邦的车辙印，每家每户的窗户上都闪烁着灯光，桃树长得极为瘦弱，枝杈上光秃秃的。在黑暗中，在冬天那悄无声息的夜晚里，咖啡馆是这个小镇上居民们取暖的中心点，这里的灯光闪耀得如同白昼，哪怕隔了四分之一英里远的距离，也能够看得十分清楚。咖啡馆内侧巨大的铁火炉在咆哮，炉火旺盛，熊熊燃烧的柴薪噼啪作响，火焰都变成了红色。艾米丽娅小姐为窗户做了红色的窗帘，从一位途经镇子的推销员那里购买了一大束看起来很真实的纸玫瑰花。

不过，成就了咖啡馆的，却不仅仅是上述的暖意、装潢和明亮程度。对于这个小镇而言，咖啡馆如此珍贵，自有其更深的理由。而这个更深层次的理由，与该地区迄今为止并不为人们所熟知的某种自豪感紧密相关。为了能够理解这种全新的自豪感，首先得必须牢记人类的生命在此有多么廉价。大工厂周围总是聚居着很多人——但却很少有哪个家庭能够拥有足够的食物、衣物，以及足够支撑他们忙碌劳作的脂肪。生活演变为一场漫长、混沌的争夺战，其目的只是为了获得生存所必需的物质。令人感到困惑之处在于：所有有用的东西都是明码标价的，只有用金钱才能买得到，因为这个世界就是如此运作的。你知道一捆棉花的标价是多少，清楚一夸脱蜜糖的售价如何，但却不需要知道价格背后的原因。但是，人的生命本身，却没有任何价值可言。我们的生命是白白得来的，失去生命也不会得到任何报偿。生命本身究竟是个什么价值？如果你环顾四周，就会发现，生命的价值有时看起来很微薄，甚至根本就毫无价值可言。经常会出现这样的事情：当你挥洒汗水、努力尝试过之后，结局对你而言却不怎么好，在这种情况下，你在内心深处就会感到自己不怎么有价值。

但是，咖啡馆给这个小镇带来的全新自豪感，几乎影响到了这里的每一个人，甚至连小孩子都不例外。想来咖啡馆坐坐，你不一定非要购买晚餐，或者来一份酒——这里还有五美分一瓶的瓶装冷饮售卖。如果你连冷饮都买不起，艾米丽娅小姐还提供一种她称为“樱桃汁”的饮品，售价一分钱一杯，粉红色的，味道很甜。除了T.M.威林牧师之外，镇上几乎每个人一周内都至少去一次咖啡馆。相比自家屋子，孩子们都喜欢在别人家的房子里睡觉，在邻居家的餐桌上吃饭：在这样的场合，他们普遍都会表现得很体面，而且颇感自豪。坐在咖啡馆的餐桌旁时，镇上的人们同样感到很自豪，这是同样的道理。在去艾米丽娅小姐的地方之前，他们会先洗个澡，不仅如此，走进咖啡馆时，他们还会在门槛上非常客气地蹭一蹭鞋，擦掉鞋底的泥土后再进去。在那里，至少几个小时的时间里，“清楚自己在这个世界上不怎么有价值”这件事所带来的深深苦闷感，多少可以被消解一些。

咖啡馆对于单身汉、不幸的人和肺痨病人的身心健康特别有好处。我们或许需要在这里特别提及一下，有理由表明莱蒙表哥也是一个肺痨病人。他那双灰色眼睛格外明亮，他凡事坚持固执，他既健谈又不停咳嗽——这些都是他患有肺痨的迹象。此外，人们也普遍认为脊柱过度弯曲造成的驼背现象与肺痨之间有着一定联系。但是，每当人们向艾米丽娅小姐提出这一问题时，她都会变得异常愤怒，极力否认这些症状，可是，她私下里又会用胸口热敷、万灵药等疗法来给莱蒙表哥治病。这年冬天，驼背人的咳嗽变得更严重了，有时在极为寒冷的日子里，他都会大汗淋漓。但这并不妨碍他在马文·梅西身后紧紧跟随。

每天早上，他都会早早离开宅子，走到黑尔太太家后门，等来又等去——因为马文·梅西是个睡懒觉的家伙。他会站在那里，轻声呼唤。你知道，有些孩子会很有耐心地蹲在地上，守住那些小小的地洞，认为下面生活着穴蚁蛉。他们一边用扫帚上扯下来的干稻草不停戳那个洞，一边发出哀怨的呼唤声：“穴蚁蛉呀，穴蚁蛉——快从家里飞出来。穴蚁蛉夫人啊，穴蚁蛉夫人。出来吧，出来吧。你家的房子着火了，你全部的孩子都烧着了。”驼背人呼唤的时候，用的就是跟这些孩子们一样的腔调——悲伤、诱惑，却又无可奈何——他嘴里呼唤的，正是马文·梅西的名字，每天早上都是如此。当马文·梅西出来的时候，他会在城里追踪他，有时候他们会在沼泽地里你前我后地一连走好几个小时。

至于艾米丽娅小姐，则一直在继续做那些最糟糕的事情：换句话说，就是继续同时采取数个不同行动。每当莱蒙表哥离开宅子时，她从来都不会主动喊他回来，只是站在路中间，寂寞地望着他的背影，直到他彻底消失不见。几乎每天中午，马文·梅西都会跟莱蒙表哥一起出现在艾米丽娅小姐家的餐桌上，跟他们一起吃饭。艾米丽娅小姐则会打开梨子蜜饯，在桌子上摆满火腿或者鸡肉，大碗大碗的玉米粥，还有冬播豌豆。有一次，艾米丽娅小姐确实试图要毒死马文·梅西，但她不小心犯了一个错误，把盘子给弄混了，结果自己吃到了下过毒的饭菜。发现盘里的食物有微微的苦味之后，她马上就意识到自己弄错了。结果，当天她就没有吃午餐了。她坐在那里，靠在椅背上，身上暗暗使劲，一边感受自己肌肉的搏动，一边看着马文·梅西。

每天晚上，马文·梅西都会到咖啡馆来，坐在房间中央最好最大的那张餐桌旁。莱蒙表哥则主动给他端上酒——这些酒他从来就没有付过一分钱。拿到酒后，马文·梅西便摆摆手，将驼背人赶开，仿佛他是沼泽地里的一只蚊子似的。他不仅没有表示出对这些恩惠的感激，而且，如果驼背人不小心堵了他的路，他还会用手背拍打他的脑袋，或者呼喝道："别挡我的道，断背佬——小心我把你那秃瓢给揪下来。"每次发生这样的事情时，艾米丽娅小姐都会从她的柜台后面走出来，非常缓慢地接近马文·梅西。她的拳头紧握着，那身怪异的红色裙子极不协调地垂挂在她瘦骨嶙峋的膝盖上。马文·梅西也会握紧拳头，他们会缓慢而有节奏地对峙一番，互相绕着对方走几圈。但是，尽管此时每个人都屏息以待，但却从来都没有出现过真正打起来的情况。大打一架的时机还没到。

这年冬天为什么会被人们记住，并且至今仍被人们反复谈论，还有一个十分特殊的原因。因为这个冬天里发生了一件大事。1月2日那天，人们醒来的时候，发现整个世界都起了变化。懵然无知的小孩子们纷纷从窗户往外望，对于眼前从未见过的场景感到极端困惑，甚至因此而哭了起来。老人们开始认真回忆往事，却怎么也记不起方圆百里哪年也曾经出现过这样的景象——昨天夜里竟然下了雪。午夜过后的至暗时刻，黯淡的雪花开始在镇上缓缓飘落。黎明时分，地面已经被积雪所覆盖，这种古怪的积雪覆满了教堂的红宝石色窗玻璃，家家户户的屋顶也都变白了。这场大雪使整个小镇看起来黯淡无光。工厂附近成排的两居室棚屋愈发显得肮脏扭曲，仿佛马上就要倒塌一般。不过，不知何故，尽管一切都变得黯淡又萎靡，但雪本身却有着某种别样的美感，方圆百里之内，过去几乎没有任何人曾经领略过这种美。跟北方人在图画中所描绘的不一样，真正的雪并不是白色的。雪这种物质，拥有蓝色与银色混合而成的各种柔和颜色，此时的天空则呈现出一种温柔、闪亮的灰色。还有，落雪时那如梦似幻般的宁静——这个小镇什么时候这么安静过?

人们以各种方式对降雪做出反应。艾米丽娅小姐眼望窗外，若有所思地摇晃着光脚上的脚趾头，收紧睡袍领子，捂住自己的脖子。

她在窗边站了一段时间，便开始将百叶窗拉紧，将宅子的每一扇窗户都锁上。她把这个地方完全封闭了起来，点燃了灯，严肃地坐在自己那碗玉米粥前。艾米丽娅小姐之所以这样做的原因，并不是担心降雪会对宅子造成什么不良影响。只是她暂时还无法马上对眼前这一全新现象给出任何判断，除非对自己所面对的事情有着全盘了解（她几乎总是能做到这点），否则，她宁愿选择完全忽略它。这个县之前一直没有下过雪，自艾米丽娅小姐出生以来就没下过，因此，她之前也就从来没有想过，这里竟然有可能会下雪。但是，一旦接受了“天降大雪”这一事实，她将不得不做出一些对应的决策——要知道，在那些日子里，已经有够多的事态要让她分心应对了。如此这般，她干脆躲在点着灯的阴暗宅子里，消磨时间，假装外面什么事情都没有发生过。与她的表现恰恰相反，莱蒙表哥表现出了迄今为止最狂热的兴奋状态，趁着艾米丽娅小姐背过身来给他准备早餐的机会，他转眼便溜出了家门。

马文·梅西大言不惭，宣称这场降雪是属于他的。他说，自己很清楚下雪是怎么回事，早就在亚特兰大看过了，瞧他那天在镇上走路时的样子，简直像是这场雪的每一片雪花都归他所有似的。他嘲笑那些怯生生地从自家房子里爬出来，揽起一捧雪来尝尝什么味道的小孩子们。威林牧师怒气冲冲地走在路上，脚步匆匆，此刻他正在反复琢磨，究竟应该怎样将降雪现象与礼拜天的布道内容结合起来。大多数人都对这场奇迹感到敬畏，并且相当高兴。他们彼此之间低声说话，毫无必要地说着"谢谢"和"请"。当然，一些意志本就薄弱的人变得萎靡不振，借酒浇愁——但这类人总数并不多。无论是谁，对于每一个人而言，这都是一场千载难逢的经历，不少人盘算了一下手头的钱，计划在那天晚上去一趟咖啡馆。

莱蒙表哥一整天都跟在马文·梅西身后，狐假虎威，仿佛这场雪也有属于他的那一份。他很惊讶地发现，雪降下来时跟下雨完全不一样，便一直抬头端详那些如梦幻般轻轻飘落的雪花，直到头晕目眩，走路踉踉跄跄才停下来。沐浴在马文·梅西的荣耀之下，他自己竟也感到骄傲万分——那场面实在太不像话，以至于很多人都忍不住朝着他喊："知道战车车轮上那只苍蝇说了什么吗，它说："'噢哟哟，瞧瞧，我们扬起了多大的灰啊。’”

艾米丽娅小姐不打算提供晚餐。可是，六点钟的时候，门廊上却响起了脚步声，她小心翼翼地打开了大门。门口站着的是亨利·福特·克里姆，虽然没有准备食物，不过，艾米丽娅小姐还是让他坐到桌边，给他喝了杯酒。其他人也来了。那天傍晚是忧郁的、苦涩的，尽管天空已不再下雪，大风却从松树林那边刮来，从地上卷起了细腻的雪花。直到天黑之后，莱蒙表哥才回来，马文·梅西跟他在一起，手里拿着自己的铁皮手提箱和吉他。

“你这个样子，是打算去旅行？”艾米丽娅小姐见状，马上问道。

马文·梅西坐到火炉边，先让自己的身体回暖。然后，他坐在自己常坐的那张大桌边，很仔细地将一根小木棍用刀削尖。然后，他开始剔牙，时不时地将这根自制牙签从嘴里取出来，看一看掏得怎么样，然后再把污物抹到自己的外套衣袖上。他连回答都懒得回答。

驼背人一直注视着柜台后面的艾米丽娅小姐。他的脸上完全看不出任何恳求的意思：他似乎对自己将要提出的要求很有把握。只见他双手背在身后，自信地竖起耳朵。此刻，他的脸颊红红，眼睛发亮，衣服也湿透了。他说：“马文·梅西要来跟我们一起住段时间了。”

艾米丽娅小姐并没有提出抗议。她只是从柜台后面出来，站在炉火边，仿佛这个消息使她突然觉得很冷似的。她给自己后背烤火的方式毫无仪态可言——并不像大多数女性在公共场合所做的那样，只将裙子稍微抬起一英寸左右。在这件事上，艾米丽娅小姐根本不打算注重仪态，而且，她似乎还常常忘记房间也有男人。比如此刻，当她站在那里烘烤后背时，那条红裙子就被她自己撩得特别高，乃至于随便哪个目光扫过来的人，就能够轻易窥看到她裸露着的那条强壮、多毛的大腿。她的头转向一侧，一边烤火一边嘟哝着，额头皱起，显出一条条皱纹。虽然不太清楚具体说了些什么，但她的语气中还是夹杂着控诉与责备。与此同时，驼背人和马文·梅西已经一起上了楼——走过有着蒲苇和两台缝纫机的客厅，还去了艾米丽娅小姐住了一辈子的私人房间。在楼下的咖啡馆里，你可以听到他们四处碰撞时发出的丁零当啷的声音：驼背人打开马文·梅西的行李，好让他安顿下来。

马文·梅西就这样硬挤进艾米丽娅小姐家里了。起初，莱蒙表哥将自己睡的房间让给马文·梅西，莱蒙表哥则睡在客厅沙发上。可是，下雪天于他而言，却带来了一些很不好的影响：他感冒了，身体几乎冻僵，感冒又复发，恶化成了扁桃体炎，无奈之下，艾米丽娅小姐只好将自己睡的床让给了他，自己去睡客厅沙发。对于艾米丽娅小姐而言，客厅沙发实在太短了，她的双脚露在了沙发外面，垂了下去，整个人经常滚到地板上。或许正是由于这种睡眠不足状况，使她原本引以为傲的智慧变得阴云密布。她试图对抗马文·梅西的一切，结果却都反弹到了自己身上。她陷入到自己设想的各种诡计当中，许多情况下，连她都感到自己特别可怜，处境凄惨。但即便这样，她也没有把马文·梅西赶出宅子，她担心自己如果这样做了，最终将会变成孤家寡人。一旦你跟另一个人在一起住过，再次进入独居状态便会成为一种极大的折磨。当座钟突然停止滴答走动时，一个灯火通明房间里的那种安静，一座空宅内遍布令人神经紧张的影子……如此这般，相比之下更好的选择，终归还是接纳你的死敌，而不是独面生活的恐惧。

雪天并没有持续下去。太阳出来了，在短短两天之内，小镇变得跟以前一样了。直到外面连哪怕一片雪花都找不到了之后，艾米丽娅小姐才重新打开宅子的门窗。随后，她进行了一次彻底的大扫除，把宅子里的所有东西都挪腾了出来，放到太阳底下暴晒。不过，做这件事之前，她首次走出院门之后所做的第一件事，便是将一根粗麻绳系在了苦楝树最粗大的一根树枝上。然后，她又将一只原本是装面粉用的麻袋装满沙子，捆到了麻绳的末端。这是她专门为自己制作的出气筒，自那天起，她每天早上都会跟这个大麻袋展开搏击。她已经是个斗技出色的战士了——除了步伐有些不灵活，但她特意学习过各种搏击专用的毒招妙手，就是为了弥补这一点。

如上所述，艾米丽娅小姐身高六英尺二英寸。马文·梅西短了一英寸。他们的体重差不多——都是重达一百六十磅。马文·梅西在动作敏捷程度和胸部的抗打击能力方面有优势。事实上，单从外在角度来看，他完全是有胜算的。然而，镇上几乎所有人都赌艾米丽娅小姐大胜，很少有人会在马文·梅西身上花钱。镇上的人们都还记得，艾米丽娅小姐曾经和一名试图欺骗她的佛克斯弗斯律师狠狠地打过一架。那律师高大威猛，是个很强壮的家伙，但是，当他和她之间那场恶斗结束时，他九条命恐怕都已经丢掉了八条。给观战的每个人都留下深刻印象的，不仅是她作为一个拳击手的天赋——她可以通过扭曲出可怕面容，以及制造恐怖怪声的方式，令她的对手严重动摇，甚至有时连观众都会被吓到。她很勇敢，她持续不断地用沙袋进行实打实的搏击练习，在这种前提之下，选她显然是正确的。人们对她很有信心，他们耐心等待着。当然，这场大战始终没有明确的日期。只存在那些明显到不容忽视的迹象。

在这段时期里，驼背人不停忙进忙出，一张小脸上写满了得意，五官都扭到了一起。他以一系列微妙而聪明的方式，在艾米丽娅小姐和马文·梅西之间制造麻烦，挑拨是非。他总是去扯马文·梅西的裤腿，以吸引他的注意力。有时，他会紧紧跟随艾米丽娅小姐的脚步——可是，在这些日子里，他那样做也只是为了模仿她用那双长腿走路的笨拙姿态而已。不仅如此，他还故意做出斗鸡眼，以一种夸张的方式来模仿她的手势动作，突出展示，使她显得像个怪胎一样。他模仿起这些动作来，实在是太可怕了，甚至连梅里·莱恩这种咖啡馆里最蠢的顾客看了也没有发笑。只有马文·梅西会咧起嘴巴左角，咯咯地笑出声来。每当发生这种情况时，艾米丽娅小姐都会产生两种不同的情绪。她会以一种失落的、令人沮丧的责备神情看一看驼背人——然后咬牙切齿地朝着马文·梅西转过身来。

"笑个肝胆俱裂吧！"她总是会痛苦地这样来上一句。

每次她这样说，马文·梅西最有可能会去做的事情，是从椅子旁边的地板上拿起吉他。他的声音听起来湿乎乎的，很温吞，他嘴里的口水总是很多。他唱起歌时的感觉，就像有条鳗鱼慢慢地从他喉咙里滑出来似的。他那强壮有力的手指娴熟地拨弄着琴弦，所唱的一切都同时有着引诱和激怒的意味。其程度通常都会超出艾米丽娅小姐的忍耐力。

"笑个肝胆俱裂！"她会重复一遍，这次是直接喊出来。

但是，马文·梅西却总能提前准备好回应她的话语。只见他伸手按住琴弦，以消除颤抖琴弦所带来的余音，并以缓慢而确定的无礼态度回应道：

"你对我嚷嚷的一切，最后都会反弹回来，报应到你身上。喊呀！再喊呀！"

艾米丽娅小姐听到这话之后，只好无助地呆站在那里，不知如何是好。因为谁都没办法从这句话构筑的陷阱当中找到出路。她总不能大声喧哗诅咒，最后让灾难统统落到自己头上。他可真是掐住了她的命门，艾米丽娅小姐已经没有什么办法可以反抗了。

于是，事情就这样继续发展了下去。他们三人在楼上的房间里具体发生了什么事，谁也不知道。但是，夜复一夜，咖啡馆里变得越来越拥挤，甚至不得不额外添置一张新的桌子。甚至连那位隐士（这是个名叫莱纳·史密斯的疯子，好多年前就搬到沼泽去住了）都听闻了关于此处的风声，挑了一天晚上过来，从窗外往里面眺望，窥看那些聚集在明亮咖啡馆里的人们，指手画脚，絮絮叨叨。至于每天晚上的高潮部分，要数艾米丽娅小姐和马文·梅西双双握紧拳头，同时起身，互相瞪着对方的那一幕。通常情况而言，在此之前，他们只要已经好好吵过一架，这样的状况就不会出现——这似乎是某种神秘的、通过两人身上存在着的一些本能来达成一致的特殊方式。每当出现这种情况，咖啡馆里都变得异常安静，你甚至可以听到那束纸玫瑰花被风吹得沙沙作响的声音。另外，他们每天晚上保持上述战斗姿态的时间，都会比前一天要更长一些。

大战发生在2月2日土拨鼠日。天气好，既不下雨，阳光也不强烈，温度不高不低。已经有好几个迹象表明，这就是众望所归的大战之日，上午十点整，消息便已传遍了全县。

一大早，艾米丽娅小姐便走出门去，用刀把她的那个沙袋砍了下来。马文·梅西坐在后门的台阶上，将一大罐猪油夹在自己的膝盖之间，小心仔细地给自己的胳膊和双腿涂油。一只胸前血淋淋的老鹰飞过了小镇，在艾米丽娅小姐的宅子周围盘旋了两圈。咖啡馆里的桌子全部都被搬到了后院门廊上，整个大房间被清空了，正好用来打架。实际上，种种迹象都指向了大战：艾米丽娅小姐和马文·梅西午餐都吃了四份半熟的烤肉，下午也都躺下来积蓄体力。马文·梅西在楼上的大房间里休息，艾米丽娅小姐在自己办公室的长椅上躺平。从那张苍白又僵硬的脸上可以一目了然地看出来，就这样躺在那儿什么都不干，对她而言简直是一种折磨，尽管如此，她却还是躺在那里，紧闭双眼，双手交叉放在胸前，继续像死尸一样安静地躺着，一动也不动。

莱蒙表哥这一整天都很不安分，因为激动，他那张小脸时刻拉得紧绷绷的，显得有些憔悴。他自己给自己做了一顿饭吃，然后就出门去寻找土拨鼠——不到一个小时他就回来了，又吃了午饭，说土拨鼠已经看到了他的影子，未来的天气恐怕不会好。然后，因为艾米丽娅小姐和马文·梅西这两人都在静静积攒力量，便将驼背人给抛了下来，他觉得自己独自一人太无聊，还不如现在去把前门廊给粉刷一下。这座宅子多年来一直没有重新刷过漆——实话实说，天知道它过去是否曾经刷过漆。莱蒙表哥上窜下跳，忙活个不停，很快，他便将前门廊的右边一半给刷成了艳俗的亮绿色。这可是件很麻烦的活儿，很快，他的浑身上下都弄满了油漆。此时，他甚至连前门廊的地板都没有完全刷完，但却改变了目标，转而去漆墙壁（对于驼背人而言，这是再正常不过的情况了）。他先刷完了自己力所能及、尽可能高的位置，然后又站在一只木箱上，以便让高度再向上提升一英尺。就这样，当油漆全部用完时，地板右侧成了鲜绿色，墙上有部分锯齿状的漆面。既然油漆用完，莱蒙表哥便将活儿搁置在那儿了。

油漆活能够让驼背人得到很大的满足感，这种满足包含些许幼稚的成分在里面。既然都专门说驼背人了，那么在此或许也应该提到一项奇怪的事实。整个镇上没有人知道驼背人的年纪多大，甚至连艾米丽娅小姐本人都不知道。有些人认为，当年，在他刚到城里来的时候，年纪是十二岁左右，还是个孩子——其他一些人则确信他已经四十多岁了。他的瞳孔是蓝颜色的，十分清澈透亮，这些都跟孩子身上的情况相似，但是，在他蓝色的瞳孔下方却也能看到淡紫色的阴影，恰恰是这阴影，暗示了他的真实年龄。想要从他这副古怪躯体的特征上猜测他的年纪是不可能的。甚至连他那一口牙齿也给不出丝毫的线索——嘴里的每一颗牙都还在（其中两颗由于之前咬山核桃的缘故，断掉了），可是，由于他吃掉了如此之多的甜鼻烟，每一颗牙也都被沾污了，光是看那些牙齿，没办法简单判断它们究竟是老牙，还是新长的牙。当人们选择直截了当地询问他的年纪时，驼背会说连他自己也完全弄不清楚——他不知道自己在这人世间到底呆了多久，无论是十年，还是一百年！如此这般，他的年纪至今仍是个未解之谜。

下午五点半，莱蒙表哥总算结束了自己的刷油漆游戏。天已经变冷了，空气中有一股潮湿的味道。风从松林那边涌过来，将窗户吹得吱嘎作响，还把一张旧报纸吹得在路上滚来滚去，最后被刮到一棵荆棘树上，卡住了。人们开始从县里的各个地方朝此处进发，小汽车里挤满了人，小孩子们纷纷将脑袋从车窗里探出来，老骡子拉的马车一路奔波，骡子的脸上仿佛浮现出疲惫又辛酸的微笑，它们迈着沉重的步伐，倦怠的眼睛半睁半闭。有三个年轻小伙子自社会城前来。他们三人都穿着黄色的人造丝衬衫和帽子，看起来就跟三胞胎一样——斗鸡比赛和野营布道会上，总是能看见他们的身影。六点钟的时候，纺织工厂的汽笛声响起，白班工人的上班时间结束了，围观人群也已聚集完毕。当然，在新面孔当中，也能见到一些痞子、无人知晓的神秘人物之类，在这样的场合，这也是理所当然的——但即便如此，人群也始终保持着安静。镇上静悄悄的，人们的脸庞在黯淡的光线中显得陌生。黑暗温柔地降临人间：有那么一小会儿，天空中显出了一片苍黄色，在这苍黄色的映衬下，教堂的山墙看上去漆黑一片，轮廓极为分明。随后，光明逐渐消亡，黑暗聚集为夜晚。

“七”在当地是个流行的数字，艾米丽娅小姐尤其钟爱七：喝七口水可以治疗打嗝，绕着工厂蓄水池跑七天能够让扭到的脖子复原，谁肚子里闹蛔虫，就让这人服下七个剂量的“艾米丽娅奇迹除虫药”——她的治疗几乎总是取决于这个数字。这个数字当中混合了各种可能性，所有热爱神秘学和魔力的人都很看重这个数字。因此，大战就选在七点整开始。这个时间是众所周知的，根本不需要通过公告或文字的方式来传达，而是如确凿无误的常识一般被人们所理解的，这就像是人们知道下雨是怎么回事，以及沼泽地里就是会发出恶臭一样。如此这般，当天晚上七点整之前，大家便纷纷聚集在了艾米丽娅小姐的宅子周围。最聪明的那些人进了咖啡馆，靠在房间墙壁上。其他人则挤在前门廊上，或者远远地在院子里找个落脚地。

艾米丽娅小姐和马文·梅西都还没有出现。在办公室长椅上休息了一整个下午之后，艾米丽娅小姐上了楼。另一方面，莱蒙表哥几乎每分钟都在尝试吸引你的注意，他穿过层层人群，紧张地打着响指，眼睛眨个不停。离七点整还差一分钟时，他冲进咖啡馆，爬到了柜台上面。周围一切完全安静了下来。

这整件事必定是事先安排好的。因为，七点的钟声才刚刚敲响，艾米丽娅小姐便在楼梯口现身了。与此同时，马文·梅西则出现在了咖啡馆前，人群悄无声息地为他让路，让他走过去。这两个对手并没有急匆匆地马上开始厮打，他们的拳头已经紧握，他们的眼神恍如身处梦中。艾米丽娅小姐脱下了那件红裙子，换上旧工装裤，裤腿一直卷到膝盖上。她赤着脚，右手腕上戴着一圈铁箍。马文·梅西也卷起了他的裤腿——他上半身赤裸，身上涂了很多油，脚上穿着离开监狱时发给他的那双很重的靴子。“矮墩墩”麦克费尔从人群中走了出来，用右手掌击打他们的两侧屁兜，以确保不会突然抽出刀子来伤人。随后，明亮的咖啡馆主动腾出了正中央位置——他们站到了擂台上。

没有任何宣布回合开始的信号，他们两人却同时发起了攻击。两击都打在对方下巴上，艾米丽娅小姐和马文·梅西的脑袋都被打得向后一仰，回正身体后，也都觉得有些头昏脑胀。第一次出击后的那几秒钟时间里，他们都只是在光秃秃的地板上拖着脚走路，尝试各种姿势，并且各自虚晃几拳。随后，两个人就跟野猫一样，突然朝着对方扑了上去。耳边紧接着便传来撞击声、喘息声和脚踏在地板上的砰砰声。他们的速度实在太快了，观众们很难看清眼前发生的事情——不过，他们还是可以看到，有那么一下子，艾米丽娅小姐的身体猛地一下向后倾倒，使她接连蹒跚了好几步，险些跌倒在地；另外还有一次，马文·梅西的肩膀上狠狠挨了一下，打得他整个人都旋转了起来，像顶大礼帽一样。如上所述，这场大战正是以这般狂暴的方式，持续进行下去，双方的攻势都没有减弱的迹象。

在像这样的一场生死搏斗中，一旦对阵双方势均力敌，出手如艾米丽娅小姐和马克·梅西一样又快又狠时，将视角转移，从胶着的战局转而观察一下观众，无疑是值得的。为了不妨碍两人对阵，人群已经尽可能贴近墙壁了。“矮墩墩”麦克费尔此刻正呆在一个角落里，蹲伏在地，仿佛感同身受一般地紧握起拳头，嘴里不停发出些奇怪的声音。可怜的梅里·莱恩，他嘴巴张得过大，碰巧面前有只苍蝇在嗡嗡作响。结果，在梅里还没意识到发生了什么事之前，他就已经把那只苍蝇给吞了下去。莱蒙表哥——他的表现颇值得一看。这驼背人仍然站在柜台上，也正因此，相比咖啡馆里的其他人，他的位置最为高高在上。他双手撑在屁股两边，大脑袋向前推，小腿弯曲，膝盖朝外突出。眼前这激动人心的场面使他身上鸡皮疙瘩直冒，苍白的嘴唇不由得颤抖起来。

大概在打了半个小时后，战局势均力敌的情况才首次被打破。在此之前，两人之间早已交锋了上百个回合，仍然陷入僵局。突然之间，马文·梅西设法抓住了艾米丽娅小姐的左侧手臂，并顺势将这只手拧到了她背后。艾米丽娅小姐一番挣扎，结果抱住了对手的腰。真正的战斗现在开始了。摔跤，这是整个县内平时打架时自然而然就会选择的方式——

因为拳击的速度实在太快，需要进行大量思考，并投入极高的专注力。此刻，艾米丽娅小姐和马文·梅西缠斗在一起，观众们也从持续良久的呆若木鸡中回过了神，争先恐后地往前挤，想要凑近去看。这两个斗士扭打酣斗了好一会儿工夫，肌肉纠缠交错，胯骨抵在一起，互不相让。他们前后拉锯，左右摇摆。此时，马文·梅西还没有出汗，但艾米丽娅小姐的工装裤已经湿透了，汗水顺着大腿直往下流，在咖啡馆的地板上留下了一个个湿乎乎的脚印。就是现在，考验的时刻已经到来，在这双方拼尽全力、力争胜利的关键时刻当中，艾米丽娅小姐占据了优势，明显要更强一些。确实，马文·梅西浑身都涂了油，身体很滑，难于抓住，但她终究还是更强一些。她逐渐压制住了他，一英寸一英寸地将他逼向地板。光是观看这一幕，都是件很可怕的事情。此刻，他们两人粗重的呼吸声，便是这咖啡馆里唯一的声音。终于，她把他给放倒了，她像骑马似地跨坐在他身上。强壮的大手扼在了他的喉咙上。

哪里知道，就在这一瞬间，眼看着战斗就要胜利时，咖啡馆里突然响起了一声刺耳又响亮的尖叫，听得人不由得一阵背脊发麻。从那声尖叫算起，在那以后发生的事情一直都是个谜。整个小镇的人当时都在现场，都能证明到底发生了什么，但即便如此，也有不少人始终怀疑自己亲眼所见的是否真实。当时，莱蒙表哥站在柜台上，离咖啡馆中心的斗士们至少有十二英尺远。然而，当艾米丽娅小姐扼住马文·梅西的喉咙时，驼背人竟然向前飞跃了起来，仿佛身上长着一对老鹰似的，在空中翱翔。他降落在艾米丽娅小姐宽阔又强韧的背脊上，用长得跟鸟爪子一般的手指抓住了她的脖子。

接下来的事情就令人感到困惑了。在围观人群还没意识到究竟发生了什么之前，艾米丽娅小姐就已经被打倒在地了。因为驼背人出手，马文·梅西赢得了这场大战。最后，艾米丽娅小姐整个人瘫倒在地板上，双臂向外摊开，整个人一动不动了。马文·梅西站在她身边，脸都被打肿了，眼睛肿得跟金鱼相似，但脸上却挂着他那招牌般的微笑，嘴半张不张。至于驼背人，他竟突然消失了。或许他为自己犯下的事儿感到害怕，也或许他其实很高兴，想要一个人独享这荣耀时刻——反正，他从咖啡馆里溜了出去，爬进了宅子后院的台阶底下，躲了起来。有人往艾米丽娅小姐身上泼了些水，过了一小段时间，她慢慢地爬了起来，步履蹒跚地挪腾回了自己的办公室里。隔着办公室敞开的大门，人们可以看到她正坐在办公桌前，头枕在一侧胳膊臂弯里，用尽最后一丝力气，上气不接下气，呼哧呼哧地抽泣起来。抽泣时，她把自己的右手紧握成拳，在办公桌上使劲捶了三下，然后，她的这只手便微微张开，手掌朝上，动也不动了。“矮墩墩”麦克费尔走上前去，关上了办公室的门。

人群十分安静，人们一个接一个地离开了咖啡馆。一匹一匹的骡子都被叫醒了，缰绳解开，汽车发动，社会城来的那三个年轻小伙子也走在了大路上。打成这样的一次架，并没有什么讨论回顾的价值，也没办法作为饭后的谈资。人们纷纷回到家中，蒙头便睡。这天晚上，除了艾米丽娅小姐家的宅子外，整个小镇都是一片漆黑：宅子的每个房间都点了灯，通宵达旦。

马文·梅西和驼背人是在天亮之前一个小时左右离开小镇的。他们在离开之前所做的事情如下所述：

他们打开艾米丽娅小姐的私人古董柜，把里面所有的东西都拿走了。

他们砸掉了机械钢琴。

他们在咖啡馆的餐桌上刻了些很糟糕的话。

他们找到了那块表盖打开之后、里面能够看到一幅瀑布图的金怀表，并把它也一起带走了。

他们将整整一加仑的高粱糖浆全部倒在了厨房的地板上，还将做蜜饯的罐子全都砸得稀烂。

他们出了宅子，前往沼泽地，彻底破坏了蒸馏酿酒作坊，新买的大型蒸馏冷凝器也不能幸免，还一把火烧掉了作坊棚屋。

他们合伙做出了一盘艾米丽娅小姐最爱的食物——香肠玉米粥，又在里面加入了足以杀死全县人的毒药，然后把这道菜作为诱饵，摆在了咖啡馆的柜台上。

他们做尽了一切能够给艾米丽娅小姐带来毁灭性后果的坏事，却唯独没有闯入艾米丽娅小姐晚上一直呆着的那间办公室。做完这一切之后，他们便一起离开了这里，两个人都是。

以上便是艾米丽娅小姐被遗弃在小镇上的全过程。如果镇上的人们清楚应该如何帮她的话，他们肯定是会帮助她的，因为，如果有机会做好事的话，镇上的居民们也自然是不会放过的。好几个家庭主妇拿着扫帚到宅子里来，主动提出要帮忙清理残局。可是，艾米丽娅小姐只是仿若双目失明一般地看了看她们，摇了摇头。“矮墩墩”麦克费尔在第三天的时候过来，买了一包昆尼牌烟丝，艾米丽娅小姐索价一美元。咖啡馆里的一切突然都涨价到了一美元。哪有这样的咖啡馆？而且，作为一名医生的她，同样变得非常古怪。在发生这件事之前的几年里，她甚至比切霍的医生们更受欢迎——她从来不会拿病人的心灵健康开玩笑，也不会强令病人戒掉烈酒、烟草等生活中真正的必需品。曾几何时，她可能还会小心翼翼地警告病人们，不要吃煎西瓜或者与之类似的菜肴——但这些东西本来就没有任何人想过要去吃。如今，这一系列堪称睿智的医疗手段统统宣告结束。她直接告知来自己这里就诊的其中一半病人，说他们绝对会死，无可救药；对于另外一半，她推荐的治疗方式则显得如此牵强和痛苦，但凡神志清醒之人，根本连考虑都不会多考虑一下。

艾米丽娅小姐任由头发疯长，丝毫不去打理，发色也变成了灰色。她的脸抻长了，身上大块大块的肌肉逐渐萎缩，最后竟瘦得跟发了疯的老处女一样了。那两只灰色的眼球，瞳孔一天比一天凑得近，仿佛正在互相交换一个悠长又神秘的哀怨凝视。她说话的声音听起来令人感觉很不愉快：当年那场狠架，她的舌头受了重伤。

当有人提到驼背人时，她只会反复念叨这样一句话："嚯！只要我能逮住他，保准要把他的五脏六腑统统挖出来扔给猫吃！"话语本身的内容算不上可怕，她说这些话时的语气才叫可怕。她的声音早已失去原先的活力。当她提到"跟我结婚的那个纺织机修理工"或者其他一些敌人时，完全没有立志复仇之人该有的气概了。她的声音听起来就像教堂管风琴里发出的呜呜声一样，破碎、柔和又哀伤。

三年来，她每天晚上都坐在前门廊的台阶上，独自一人，默默地沿着道路望向远方，等待着。但驼背人始终没有回来。有传言说，马文·梅西利用他爬进窗户进行盗窃，还有些其他传闻，说马文·梅西将他卖给了一个马戏团。但是，这两个说法的源头，最后都指向梅里·莱恩——从他那里听来的话里面，从来没有哪一句是真的。到了第四年，艾米丽娅小姐雇佣了一名切霍木匠，让他用木板将宅子整个封闭起来，自那以后，她就一直住在封得严严实实的宅子里了。

就是这样，这小镇本身很是沉闷。八月份的某个下午，路上空无一人，四下里白茫茫的，遍地尘土。头顶的天空就像玻璃一样光亮。到处都死气沉沉的——没有孩子们玩闹的声音，只有纺织工厂发出的嗡鸣声。每年夏天，街边桃树似乎都比前一年长得更歪一些，树叶灰暗无光，呈现出一种病态的美感。艾米丽娅小姐的宅子向右倾斜得十分严重，完全倒塌只是时间问题，人们也很注意，尽量远离院子，不立于危墙之下。镇上再无好酒可买，最近的蒸馏酒厂远在八英里之外，喝那种酒的人，肝脏上会陆续长出花生米般大小不一的瘤子，做梦时常堕落到危险的内心世界当中，不能自拔。在这镇子上，除了绕着工厂蓄水池走走，站在哪儿踢踢烂树桩，或者费心思去想想教堂附近路边那辆老马车的旧车轮还能怎样废物利用之外，就再没有任何事情可做了。极度无聊，令人厌弃。与其耗在这儿，你或许更愿意一路走到佛克斯弗斯公路，去听那些戴着镣铐、被铁链串成一串的苦刑犯们唱歌。

佛克斯弗斯公路离镇子三英里远，正是在这里，有一群苦刑犯一直在干活。这里原本是碎石路，县里决定修补这些崎岖不平的道路，并将部分危险路段的道路拓宽。苦刑犯铁链队由十二名男子组成，全部身穿黑白色条纹相间的监狱囚服，脚踝处戴着镣铐。队伍配置有一名警卫，随身带着枪。因为阳光太过耀眼，警卫的眼睛眯成了一道布满红色血丝的细缝。苦刑犯们整日劳动，天亮后不久便挤在囚车里被押送过来，又在灰色的八月暮色中被囚车运走。这里整天都有镐头撞击土地的声音，阳光炽烈，到处都能闻得到挥洒汗水的气味。每天，这里都能听到歌声：某个黑人会先起一个音，似唱非唱，像是在向众人提问。稍微过一会儿，另外一个声音便会加入进来，很快，整个铁链队都会开始歌唱。在金色阳光照耀下，他们唱歌的声音显得很低沉，不同人的歌声交错、混杂在一起，既阴沉又快乐。唱歌的声音越来越响亮，到了最后，似乎这歌声并不是来自铁链队的这十二个人，而是来自地球本身，或是来自广阔的天空。这种歌声会令人感到心旷神怡，因为同时夹杂有狂喜和恐惧，听众会逐渐生出渐渐凉意。然后，慢慢地，唱歌声会弱下去。直至最后，只剩下其中一人孤独的歌声，伴随着歌声的，是一阵粗重的沙哑喘气声。太阳底下，铁链队们在沉默中干活，只剩下镐头敲地的声音。

能够唱出这样一种歌曲的，该是个怎样的乐队组合啊？只是十二个普通人啊，其中七名是黑人，五名是来自这个县的白人男孩。只是十二个普通人，但他们聚集在了一起。

神童

她走进起居室里，一只手拿着乐谱袋子，不停地撞击着穿着厚冬袜的腿；另一只手抱着沉重的课本，在那儿站了一小会儿，聆听演奏室里发出的乐声：一阵柔和的钢琴和音，一柄小提琴的调弦声。随后，比尔德巴赫先生用他那短促、温吞的声音大声喊道：

“是你吗，碧恩贤[1]？”

当她猛地把手套脱掉时，她看到自己的手指正在急速抽动，演练着她早上曾练习过的赋格指法。“是的，”她回答道，“是我。”

“我……”那声音瞬即纠正。“等一下。”

她能够听到拉夫科维茨先生正在讲话——他的谈吐在旁人的耳中听来，仿佛是一种如丝绸般的、难于理解的嗡鸣

---

1 Bienchen是德语，“小蜜蜂”的意思，为文中比尔德巴赫先生对弗朗西斯的爱称。此处取音译。

声。如果同比尔德巴赫先生的声音作对比的话，几乎像是女人说话的声音了——她这样想着。一阵突如其来的躁动感分散了她的注意力。在将课本放到桌上之前，她摩挲了一下自己的几何课本，还有那本《贝立雄先生的旅程》。放好课本后，她在沙发上坐下，开始将乐谱从袋子里面取出来。这时，她又一次看到了自己的手——颤抖的肌腱自指节处延伸而下，起茧的手指尖被卷曲、肮脏的胶带缠得凹陷了下去。眼前这番景象加重了折磨了她好几个月的那种恐惧感。

她喃喃自语，说了好几句鼓励的话，声音小到自己都听不见，"不错的课程——不错的课程——就跟一直以来一样——"当她听到比尔德巴赫先生那凝滞的脚步声踏过演奏室地板，房门在滑开的当儿里一阵嘎吱作响时，嘴唇不觉就闭紧了。

有那么一小会儿，在她心中萌生出了一种独特感觉，那就是：在她十五岁这个年纪的大部分时光里，她其实一直都在守望着从那扇门后面突显出来的那张脸，还有肩膀。在沉默不安中，唯有那柄小提琴的琴弦在嘶哑、空白地拉扯着。比尔德巴赫先生——她的老师，牛角质镜框后面快速转动的双眼；光亮、单薄的头发，还有头发下面那张窄脸；嘴唇松弛地紧闭着，下嘴唇是粉红色的，并在他牙齿的持续抿咬下，散发出滑润的光泽；太阳穴上分叉的血管跳动得十分明显，哪怕坐在房间对角都可以看清楚。

“你是不是来早了点儿？”他问道，同时斜瞟了一眼放在壁炉架上的座钟——那钟停在十二点零五分，已经有一个月了。“约瑟夫在这里呢。我们正在过一首小小的奏鸣曲，跟他认识的某个人一道。”

“不错，”她一边回应，一边试图微笑。“我会听的。”她可以看到自己的手指，正在钢琴琴键的某处污点上软弱无力地垂下来。此时此刻，她感到十分疲惫。她觉得，如果他长时间盯着她看的话，她的双手可能会不由自主地颤栗起来。

房间走到一半时，他有些踌躇，停住了脚步。他的牙齿用力将发亮又肿胀的嘴唇压了下去。“饿了吗，碧恩贤？”他问道，“这儿有些苹果蛋糕，安娜做的，还有牛奶。”

“我会等到结束的，”她说，“谢谢了。”

“在你顺利完成一堂表现极好的演奏课之后，对吧？”他的微笑，看起来就仿佛碎在了嘴角边一样。

有个声音自他身后的演奏室里响起，拉夫科维茨先生推开另一半门板，站在了他的身边。

“弗朗西斯？”他脸上带着微笑说道，“现在就来瞧瞧看吧，接下来的演奏要怎么弄？”

拉夫科维茨先生总是无缘无故地让她觉得自己的一举一动都很傻气，而且身型长得过于高大。他自己却是一位小个子男人，一旦手里没有拿提琴便尽显疲态。蜡黄色的犹太人脸庞上，一对眉毛弯曲到令人感觉突兀的地步，但他的眼皮却没精打采、毫无生气、昏昏欲睡。今天，拉夫科维茨先生看上去似乎有些心不在焉。她眼看着他进入这间房里，不抱有任何明确的目的；沉静的手指间，握着他那柄珠光闪耀的琴弓，正用那白色的琴弓马尾，在一块白垩松香上缓慢地摩擦滑动。今天，他的双眼锐利明亮地眯成了一条缝，亚麻围巾顺着衣领垂下来，投下的阴影昏黑如墨。

“我猜，你现在已经练过挺多的了。”拉夫科维茨先生笑道，即使她还没回答那个问题。

她转头看了看比尔德巴赫先生，但比尔德巴赫先生已经转身离开了。他沉重的肩膀推得房门大开，因此，傍晚的余晖便越过演奏室的窗户，用一束黄灿灿的光刺透了满是灰尘的起居室。在老师的身后，她可以看到长长的立式钢琴、窗子，还有勃拉姆斯的半身像。

“没有，”她对拉夫科维茨先生说道，“我练得糟透了。”她用自己纤细的手指，一页一页地翻动着乐谱。“我不知道是怎么了，”她一边说着，一边注视着比尔德巴赫先生，他那结实又佝偻的背脊已经绷直了——他正在倾听。

拉夫科维茨先生笑了。“还有时间的，我觉得吧，当一个——”

一个刺耳的和声，从钢琴那边响起。“你难道不觉得，我们继续弄这个比较好吗？”比尔德巴赫先生问道。

“马上就来，”拉夫科维茨先生应和道，进门之前，又给自己的琴弓多刮擦了一次。透过大门，她可以看到，拉夫科维茨先生从钢琴上拿起了自己的小提琴。他一边注视着她的眼睛，一边调低乐器的音调。“你看过海默的照片了吗？”

她的手指在乐谱袋的尖角上紧紧蜷曲着。“什么照片？”

“《音乐快递》里有一张海默的照片，那儿，在桌上。在封面内页里。”

小奏鸣曲开始了。仍不和谐，但却因此显得有些质朴、空乏，但又拥有一种仅属于它自身的利落风格。她伸手翻开了那本杂志。

海默就在那儿——在左手边的角落上。握着他的小提琴，手指下勾在琴弦上，正在拨弦。他那暗色哔叽料的灯笼裤，用皮绳整齐地捆缚在膝盖上方，身上穿的是一件翻领毛衣。这是张拍得挺糟糕的照片。尽管是以侧身像的形式进行拍摄，但他的眼睛却被摄影师整个截去了，他的手指看来似乎是拨在了错误的弦上。对他而言，对着摄影器材痛苦地转身，简直像是在遭难——他的肚子现在并没有挺出来，不过，他这六个月时间里也没有多少改变。

海默·伊斯雷尔斯基，天才的青年小提琴家，于其老师在河滨车道的演奏室中演奏时拍摄。

年轻的大师伊斯雷尔斯基，很快就会迎来他的十五岁生日，他将被邀请参与演奏贝多芬协奏曲，合作的乐队是——

这天早晨，当她从六点一直练到八点之后，爸爸把她给叫了过来，让她在餐桌边坐下，和全家人一道共进早餐。她讨厌早餐，这件事给她带来一种很难受的感觉。她宁愿等着，用她那二十美分的午餐钱买四根巧克力棒，然后在上学的时候给它啃掉——拾起口袋里被手帕遮掩的点点残渣，在银色包装纸“咯咯”响动的瞬间静默不动。但是今天早上，她爸爸放了一只煎鸡蛋在她碟子里，她很清楚，一旦鸡蛋破裂，那黏滑的溏心，慢慢渗出到蛋白上……如果那样的事情发生，她肯定会哭的。而且，那样的事情也确实发生了。于是，现在，同样的感觉又一次来到了她的身上。她极度小心、谨慎地把杂志放回到桌面上，闭紧了双眼。

演奏室里传来的音乐声，听起来似乎是因为某些本不应存在之物而被催促、驱赶成了激烈又笨拙的模样。过了一会儿，她的注意力移回到了海默、协奏曲和照片上——然后又再一次地徘徊到了音乐课上。她在沙发上腾挪滑移，直到能够清楚看见演奏室里的光景——他们中的两位正在演奏，斜眼窥看钢琴上放着的五线谱：一切饥渴的诠释，皆来源于此。

她无法忘记刚才比尔德巴赫先生看着她时的那张脸。她的双手被她遮放在自己尽是骨头的膝盖间——那双手仍旧在不由自主地抽搐着，演练那首赋格曲的动作。她觉得疲累，还伴随着晕眩，是那种下沉消失般的感觉，与她在练习过度的晚上，即将跌入梦乡时的感受类似。就像那些令人生厌的、发出嗡鸣声的浅梦，将她带离，前往它们自身如漩涡般扭曲的时空里一般。

“一个神童——一个神童——一个神童。”音节以低沉深广的德语发音方式席卷而出，在她耳边轰鸣咆哮，然后再转为耳语呢喃。在她面前旋绕、扭曲、放大，再凋零为苍白无力的斑点——“比尔德巴赫先生、比尔德巴赫夫人、海默、拉夫科维茨先生。”旋绕又旋绕、环绕不停歇的喉音说着：“神童。”比尔德巴赫先生在环状虚无中间，如海市蜃楼般浮现，他的面容急切——其他人则环绕在他身旁。

乐曲的短调疯狂起伏。她曾练习过的音符曲段逐次崩落，像是一大把石子，散落楼下。巴赫、德彪西、普罗科菲耶夫、勃拉姆斯——与她疲惫身体若即若离的悸动，以及周遭环绕的嗡鸣声荒谬地保持着同步。

有时（当她练习没有超过三小时、或者放学后在外面等待着的时候）梦境还不至于如此混乱。音乐很清晰地在她脑海中翱翔，一晃而过的、准确的小小回忆，还可以倒转回来——就跟联合演奏会结束之后，海默那张娘娘腔作派的、“纯真年代”式照片给她的感觉类似。

一个神童——一个神童。这是比尔德巴赫先生在她十二岁年纪、第一次去他那儿时给她的称呼。年长的学生们，也重复着同样的话。

除此之外，他还常对她说这样一个词：“碧恩贤——”（她有一个很普通的美国名字，但是他从不会使用——除非她犯的错误十分严重。）“碧恩贤，”他会说，“我知道这肯定很糟。总是需要比周围人超出一个头。可怜的碧恩贤——”

比尔德巴赫先生的父亲，曾是荷兰的小提琴手。他的母亲来自布拉格。他在这个国家出生，青年时期则呆在德国。有多少次了啊，她希望自己不是只在辛辛那提出生和长大。

你怎么用德语说“奶酪”的？比尔德巴赫先生，荷兰语怎么说那句——“我不明白你在说什么”？

去演奏室的第一天。当她凭着记忆演奏完了整首《匈牙利狂想曲二号》之后。房间在微光中黯淡。他脸上的表情看起来，简直像是整个人都弯腰贴在了钢琴上一样。

“现在我们全面开始。”他在第一天时这么说道。“这件事——演奏音乐——可不止是聪颖。假使一个十二岁大的女孩儿，在一秒钟的时间里按击了许多许多琴键——仅此而已的话，那这件事就没有任何意义。”

他举起那只粗硬的手，拍了拍自己宽大的胸口和前额。“要靠这里和这里。你的年纪已经足够大，应该已经可以明白这个了。”他点燃一根香烟，轻轻朝着头上呼出第一口烟气。“还有就是练习——练习——练习。我们现在将从这些巴赫创意曲，还有这些小小的舒曼作品开始。”他的手又开始动了——这次是去猛拉她身后台灯的灯线，并且指向乐谱。“我会演示给你看的，让你知道，我希望这个是怎样被演奏才对头。现在仔细听好了。”

她在钢琴前面呆了几乎有三个小时，感觉十分疲惫。他低沉的说话声响起时，就仿佛是在她体内长时间游荡一般。她想要伸出手来，去触碰他那肌肉紧绷、正指点着乐段的手指，想要去感受那闪闪发光的金戒指，以及他手背上茂密浓厚的毛发。

她在星期二放学后，还有周六下午有课。在周六的课结束之后，她常常会留下来吃晚饭，在那儿呆上一晚，然后第二天一早搭班车回家。比尔德巴赫夫人以她那冷淡到几乎沉默的方式喜爱着她。她同她的丈夫之间，有着很大不同。她又安静，又肥胖，并且动作缓慢。当她不在厨房里烹制他们两个都爱吃的大餐时，似乎就是将她全部的时间都消磨在了二楼的床上——读读杂志，或者只是半笑不笑地窥视虚无。当他们在德国结婚时，她曾是个抒情歌手。如今，她不再继续演唱了（据她说是因为喉咙的缘故）。当他把她从厨房里叫出来、听某个学生演奏时，她永远都是微笑着说那很“古特[1]”。

---

1 古特（gut）：原文为德语，即“好”的意思。

当弗朗西斯十三岁时，有天她得知，比尔德巴赫家没有小孩。这听起来很奇怪。有一次，当她呆在厨房一角，同比尔德巴赫夫人在一起时，他正大跨步地从演奏室回来，因为被一些学生惹恼的缘故，生气地绷着脸。其时，他的妻子正站在那儿搅拌浓汤，直到他的手摸索着伸探出来，放在了她的肩膀上。随后，她转过身来——安静地站着——与此同时，他用双手环抱住她，把他那张轮廓分明的脸埋进她白皙的、软绵绵的、多肉的颈项里。他们就那样站着，一动也不动。然后，他的脸突然猛一下从妻子那里弹开，愤怒的神情减弱，转变为一种安静的、面无表情的神态，再然后，他就回演奏室去了。

自她开始在比尔德巴赫先生那里上课以来，就没有时间去关注高中里面那些人们的任何事情了，海默，曾是与她同龄的唯一朋友。他是拉夫科维茨先生的学生，会在晚上跟他一起去比尔德巴赫先生那儿——当她在那里的时候。他们会听他们的老师演奏。并且，他们自己常常也同奏几个来回的室内乐——莫扎特奏鸣曲，或者布洛赫。

一个神童——一个神童。

海默是个神童。然后，他和她。

海默自四岁起就开始演奏小提琴了。他不需要去学校；拉夫科维茨先生的哥哥，那个瘸子，曾经在下午的时间里教他几何、欧洲史还有法语动词。当他十三岁时，他的技艺已经不输辛辛那提任何一位小提琴手了——每个人都这样说。但是，拉小提琴肯定要比弹钢琴来得简单。她知道，肯定是。

海默身上似乎总是带有灯芯绒裤子、吃过的东西，还有松香的气味。并且，半数时间里，他双手的指关节处都是脏兮兮的，衬衣的袖口，从他毛衣的袖子里面肮脏地探出头来。当他演奏时，她总是注视着他的手——只在关节处显得瘦，剪得短短的指甲下面、鼓起的指肉上带着硬硬的小斑块，好似婴儿般的皮肤褶皱、在他那正弯曲着的手腕上，看得是一清二楚。

在睡梦中，正当她要醒过来的时候，她会记起那场演奏会——仅仅是存在于一片模糊朦胧之中。几个月之后她才会知道，演奏会对她而言，并不成功。真的，相较于她，报纸更多地赞扬了海默。但是，他可比她要矮得多了。当他们一道站在舞台上的时候，他只到她的肩膀位置而已。她很清楚，恰恰是这一点，给人们带来了不同的感受。以及——跟他们一起演出的奏鸣曲也有关系。那是布洛赫作品。

"不，不——我不认为那个是合适的，"比尔德巴赫先生，在应该是以布洛赫作为演奏流程收尾时这样说道，"现在该上约翰·鲍威尔的作品——弗吉利亚奏鸣曲。"

如此，她完全没办法理解了，相较拉夫科维茨先生和海默，她更想要以布洛赫作为收尾。

比尔德巴赫先生妥协了。稍晚些时，在审查员们说她缺乏演奏那一类型音乐的气质之后，在他们说她的演奏、在感觉上是单薄且空乏的之后，她感觉自己是受了欺骗。

“区区小事，”比尔德巴赫先生说，在她面前噼啪作响地抖动报纸。“不是因为你，碧恩贤。一切都交给海默们、维茨们，还有斯基们。”

一个神童。不管报纸上说了些什么，那是他对她的称呼。

为什么海默在演奏会上完成得比她要好得多呢？有时，在学校里，当她理应看着哪个人在黑板上解决几何问题时，这个疑问就像把刀似的，在她体内不停搅动。她睡在床上时也会为此而担心，甚至有时，在她理应在钢琴前演奏时也如此。并不仅仅是布洛赫作品，还因为她不是犹太人——不完全是。也并不仅仅是因为海默不需要去学校，不是因为他的训练开始得那么早，而是——

她曾经以为自己清楚。

“弹幻想曲和赋格，”一年前的一个晚上，比尔德巴赫先生曾如此要求她——在他和拉夫科维茨先生一起读完一些乐谱之后。

她弹奏的巴赫，对她而言，看起来是完成得相当不错。从她眼角的余光里，可以看到比尔德巴赫先生脸上平静、喜悦的神情，每每成功奏过曲段的高潮部分后，看着他的双手从椅子扶手上兴奋至极地抬起，然后放松垂下，心满意足。在钢琴弹奏结束后，她自钢琴前站起，咽口水来放松喉管，因为音乐似乎是淤积在了她的喉咙和胸腔里。但是——

“弗朗西斯——”在那之后，拉夫科维茨先生说道，说得很突然，薄薄的嘴唇微曲，双眼几乎被耷拉下来的眼皮给遮盖住。“你知道有多少小孩演奏巴赫吗？”

她转头向着他，神情迷惑。“相当多，二十有余。”

“那么——”他那微笑的嘴角，如刻划般轻轻浮现于他苍白的脸上。“巴赫可能就不会那么冷门了——那样的话。”

比尔德巴赫先生不太高兴，他那喉音浓重的德国腔中的某处，夹杂有“金德[1]”这个词。拉夫科维茨先生扬起了眉毛，因此，她很轻松便抓住了他们之间德语对话的要点。不过，她觉得自己却并没能将脸上浮现出的表情欺瞒为茫然与不成熟，因为这恰恰是比尔德巴赫先生希望她的脸上看起来应该浮现的表情。

然而，这样的事儿已经无关紧要了。至少并没有太大关系吧，因为她总会长大的。比尔德巴赫先生知道那点，甚至拉夫科维茨先生的话中也别有深意。

在那些梦中，比尔德巴赫先生于那旋绕的环状虚无正中浮现、清晰。嘴唇轻轻催促，太阳穴上的血管凸显。

不过有时，当她入睡之前，却也会有些别样的清晰记

1 Kind，原文为德语，即“孩子”的意思。

忆出现在脑海中：她会把自己长筒袜上的破洞往下拉，以便直接用鞋子去遮掩那个洞，而不必去缝补。他看到洞之后会说："碧恩贤，碧恩贤！"然后，就会带着比尔德巴赫夫人的针线包过去，向她展示这地方应该如何打上补丁，而不是简单地缝聚到一起，皱成一团。

那时她初中毕业。

"你穿的是什么？"在一个星期天早晨，吃早饭的时候，当她跟他们夫妻俩讲着、他们一群人练习列队走进大礼堂的事儿时，比尔德巴赫夫人问道。

"我表姐去年穿过的晚装。"

"啊哈——碧恩贤！"他一边说着，一边用他沉重的双手环握住温暖的咖啡杯，抬头看着她，笑眼四周满是皱纹。"我敢打赌，我知道碧恩贤想要什么——"

他对此表示坚持。当她对他解释，说自己的确是一点都不在乎的时候，他却完全不相信她的话。

"像是这个样子的，安娜。"他说着，一面扯下餐巾，走过餐桌，小步走到房间的另一角，屁股扭动，戴着牛角质镜框的眼睛转个不停。

后一周的星期六下午，当她上完课以后，他带着她去了市中心的百货公司。他那厚厚的手指抚过销售女郎从她们的布卷里展开的薄纱网罩，还有脆亮的塔夫绸。他拿不同的颜色比在她的脸上，伸长脖子，头偏向一边，然后挑选了粉色。鞋子他也没忘。他最喜欢的是几双白色的儿童高跟鞋。在她而言，那些看起来有些像是老妇人才会穿的鞋子，鞋背上红色的交叉饰带，给人一种慈祥的观感。不过，反正这一切也真的无所谓。当比尔德巴赫夫人开始裁剪那套正装，用曲别针来给她把衣服弄得束身合体时，他中断了他的课程，站在一旁，建议在臀部和脖子附近弄上绉褶，肩膀上则整一个时髦的玫瑰花饰。当时飘忽而来的音乐，多么美妙动听啊。

华服、毕业典礼之类的，并没有带来什么不同。一切都无关紧要，除了演奏音乐——因为音乐必然要被演奏，将必定藏在她体内的那些东西给引领出来，练习、练习，练习到比尔德巴赫先生脸上那种迫切的神情，多少可以减退一些为止。将那些东西，放入到她的音乐里：迈拉·赫斯有的，耶胡迪·梅纽因有的，甚至海默也有的！

四个月之前，在她身上开始发生着的是什么？涌出的音符，开始带上了一种轻浮、沉闷的音调。青春期，她认为是。一些孩子是带着承诺在演奏的——练习，再练习，直到像她一样，一点点微不足道的小事情都可以令他们开始哭泣，疲于奔命地试着要克服，要跨越过去——他们所认为的、渴望憧憬之事——有些吊诡的事情开始发生了——那竟不是她！她和海默相似。她必须是。她——

一旦已在某处确定。你未曾失去过的那样一些东西。一个神童……一个神童……是她，他说过的，万分肯定地道出那几个词，以低沉深广的德语发音方式。并且，在梦中甚至更加深沉，无与伦比的确信。伴随着他望向她的、渐次浮现的脸庞，还有那些饥渴的曲段，放大着、盘旋着混合聚集成环形、环形、环形——一个神童。一个神童……在这个下午，比尔德巴赫先生没有像往常一样，引着拉夫科维茨先生到前门去。他留在钢琴旁边，轻柔地按着某个单一的琴键。聆听的时候，弗朗西斯看着那位小提琴手，看着他把围巾绕上自己苍白的脖颈。

“一张拍得不错的海默照片，”她说，然后便开始演奏起属于她的曲子来。“我在几个月前收到了他的一封信——讲到听施纳贝尔和胡伯尔曼，讲到卡内基音乐厅，还有在俄罗斯茶室进餐之类的。”

为了推迟一些进入演奏室，她一直等到拉夫科维茨先生准备离开，然后，当他打开房门时，站在了他的身后。屋外的天寒地冻涌入到房间里。天色渐晚，空气中弥漫着冬日傍晚时惨淡的昏黄。当大门的合叶“砰”的一声关上时，房间似乎是比她所知的任何时候都更加黑暗、更为沉默。

见她进入到演奏室里，比尔德巴赫先生便从钢琴前面站起身来，默默地站在那里，看着她安坐在钢琴琴键之前。

“嗯，碧恩贤，”他说，“今天下午开始，我们整个过一遍。从头开始，忘掉前几个月。”

他看上去就好像正试图在某部电影中演出哪个场景似

的。他结实的身体，从大脚趾摇摆到脚后跟，他搓弄着双手，甚至以一种满意的、电影化的方式微笑着。然后，突然之间，他将这种礼貌唐突地推到一边。他那厚重的肩膀耷拉下来，开始弹奏她带进来的那叠乐谱。“巴赫——不是，还没到。”他喃喃自语着，“贝多芬么？是的。变奏奏鸣曲。二十六号。”

钢琴的琴键包围了她——僵硬、冷白，恰如死亡。

“等一下，”他说。他站在钢琴侧边的曲线旁，肘部支撑，注视着她。“今天，我对你有所期待。现在这首奏鸣曲——这是你练习的第一首贝多芬奏鸣曲。每一个音符都尽在掌握——技术性的——除了乐曲之外，你心无旁骛。现在就只有曲子了。那便是你需要去考虑的全部东西。”

他沙沙翻动着她的乐谱，直至找到那个位置。然后，他把他的教师椅拉到房间正中，将椅子掉了个头，张开双腿，跨坐到椅背上。

出于某种原因，她很清楚，他在这个位置，常常会给她的演出带来好的效果。不过今天，她觉得她会用眼角去留意他，并且会被干扰到。他的背部僵硬地倾斜着，他的腿显得很紧张。他身前硕大而沉重的部分躯体，看起来正在椅背上危险地保持着平衡。“现在，我们开始，”他说，同时也朝着她的方向投来不容反抗的目光。

她用手过了一遍琴键，然后坐了下去。第一个音有点过重，随后的调子则显干涩。

他的手很夸张地从乐谱上抬起。“等等！去思考一分钟，你正在弹奏什么。这个开头是怎样被标记的？”

“行板。”

“嗯。那就不要把它拖成柔板。还有，弹的时候要深深按下。不要那样浅尝辄止地抓动。一首优雅的、深沉音色的行板——”

她又试了一次。她的双手，似乎是独立在她心中的音乐之外了。

“听听，”他打断了演奏。“这些变奏段落中的哪一个统领了全部？”

“挽歌。”她答道。

“那就为挽歌做好准备。这是一个行板——但却不是像你刚刚弹奏的那种沙龙音乐。轻柔地开始：弱音，然后，刚好在琶音之前，舒展开来。使它温暖、富于戏剧性。接着，下面这个地方——标记为‘柔美’，这就要按照对位曲调奏出来。你全部都知道的。关于这方面的所有内容，我们以前都曾经走过一遍。现在开始演奏吧。去感受它，就好像贝多芬刚谱下它时一样。感受那种悲切，还有束缚。”

她没办法不去看他的手。那双手看起来，似乎正犹豫不决地躺在乐谱上休息，一旦她开始演奏，便以此作为停止休息的信号，随时准备飞起，他戒指上生辉的闪耀，命她停止下来。“比尔德巴赫先生——也许，如果我——如果你让我整个不停地过一遍第一变奏部分，我或许可以做得好些。”

“我不会中断你的。”他说。

他苍白的脸颊，靠得离琴键很近。她过了一遍第一部分，然后，遵从他一个点头的吩咐，开始了第二部分。演奏上没有瑕疵，对她毫无惊扰，不过，由她手指塑成的曲段，还来不及放入她心中所感受到的深意。

当她全部演奏完后，他从曲谱上抬起头来，开始说话，语调沉闷直率：“我几乎听不到右手部的和声搭配。顺道一提，这个部分理应提升强度，做好铺垫——这应该是第一部分的内在要求。尽管如此……嗯，从下一段开始。”

她打算以阴柔的恶意开始，再发展为一种深沉的、逐渐蔓延膨胀的悲戚。她的心告诉了她这点，但是她的手，看起来却像是软塌塌的意大利粉那样，粘在了琴键上，她没办法去想象那音乐应该是什么样了。

最后一个音停止了颤动，他合上乐谱，很刻意地从椅子上站起来。他的下颚左右晃动——在他张开的嘴唇之间，她可以窥见那粉色的、健康的、通往他喉咙的管道，还有他那结实的、被烟草染黄的牙齿。他很小心地将贝多芬放在她其他的乐谱上面，再次把手肘撑在那光滑、漆黑的钢琴顶盖上。“不行。”他言简意赅，注视着她。

她的嘴唇开始颤抖。“我无能为力，我——”

突然之间，他用嘴唇不自然地挤出一个微笑。“听着，碧恩贤，”他开始使用一种全新的、不容置疑的语调，“你还在弹《快乐的小铁匠》，对吗？我曾经跟你说过，不要把它从你的演奏曲目中放弃掉。”

“是的，”她说，“我时常练习它。”

他的语气是他用来和孩子们说法的那种方式。“这是能够使我们继续进行下去的、最首要的事情之一——记住了。你曾经那样有力地演奏它——就像你真是一个铁匠的女儿一样。你看看，碧恩贤，我太了解你了——就好像你是我的亲生女儿一样。我知道你拥有什么——我听你弹过那么多美妙的曲子。你曾经是——”

他在混乱之中停下了话语，吸着他那根已经不成样子的香烟蒂。烟气自他粉色的唇间懒洋洋地氤氲而出，在她稀疏的头发和孩子般的前额周围附着、蒸腾成一围灰色的雾霭。

“把它弹得快乐、简单，”他一边说着，一边打开她身后的灯，然后逆着钢琴步步后退。

有那么一会儿，他是正好站在灯光营造的明亮圆圈之中的。然后，他激动地坐在了地板上。“充满活力，”他说道。

她没办法不去看他，他用一侧脚跟支撑坐着，另一条腿横着翘起，保持着平衡，他的裤管下面、强壮大腿上的肌肉绷紧，他的后背挺直，他的手肘十分可靠地支撑在膝盖上。

“现在，简单点，”他重复道，同时用他肉乎乎的手做了指示。“想着那铁匠——每日在阳光下劳作。简单努力，不受干扰。”

她无法低头去看钢琴了。光线照亮他张开了的双手手背上的毛发，使他眼镜的镜片辉耀闪烁。

“全曲，”他催促道，“现在！”

她觉得自己骨头里的骨髓已被抽空，她的身体里已经没有一点点血液。她的心脏整个下午都冲着胸腔猛跳，感觉像是猝死。她看到她的心脏，黯淡又羸弱，如在崖边干涸掉了的一只牡蛎。

他的脸庞似乎是在她面前的空间里悸动着，随着太阳穴上血管的不稳跳动越来越近。几近崩溃之中，她低头去看钢琴。她的嘴唇像果冻一样抖个不停，无声的泪水夺眶而出，使白色琴键在眼中模糊为潮湿的边线。“我不行了，”她低声说，“我不知道为什么，但是我就是不能够——再也不行了。”

他紧张的身体松弛了，正抓握住自己一侧的手，把他自己给拉了起来。她抓起自己的乐谱，很快地从他身边跑开了。

她的外套。手套还有雨鞋。课本，以及他在她生日时送给她的乐谱袋。全部是来自曾属于她的这个沉默的房间。快一点——在他能够开口说话以前。

穿过门廊时，她忍不住去看了看他的双手——那双手从他斜靠在演奏室大门的身体上伸出来：松懈无力、无所适从。大门紧紧地合上了。拖着书，还有乐谱袋，她在石阶上磕磕绊绊地往下走着，选了一条错道，在那条因为噪音、自行车，以及其他孩子们的玩乐声而变得混乱的街道上，疾速前行。

骑师

骑师走到餐厅门口，站在门边一侧，片刻之后，他又走向了另一侧，背靠墙面，安静地站在那里。餐厅里十分拥挤，此时正值赛季开始的第三天，整个镇上的旅馆里都挤满了人。在这间餐厅里，八月玫瑰花束的花瓣，散落在白色亚麻桌布上，毗邻的酒吧里传来酒鬼们喝得醉醺醺的喧哗声。骑师背靠着墙，用他那双干涸憔悴的眼睛仔细打量着餐厅里的动静，最后，他的目光落在了斜对角那张桌子上——餐桌旁坐着三个男人。骑师一边注视着他们，一边抬起自己的下巴，头朝后歪向一侧。他矮小的身材逐渐变得僵硬，双手使劲绷直，直到手指像灰色的鸟爪子一般向内弯曲。他就保持着这副模样，身体紧靠在餐厅墙上，观察并且等待。

那天晚上，他穿了一件绿色的中国丝绸制套装，童装尺寸，剪裁合身，里面则穿了黄色的衬衣，佩戴一条颜色柔和的条纹领带。他没有戴帽子，潮湿且僵硬的刘海贴在他的前额上。他不怎么显年纪的脸庞上显露出灰白且憔悴的神色，两侧太阳穴向内凹陷，嘴角始终保持着僵硬的微笑。过了一会儿，他注意到那三个男人中的其中一人正在看着他。不过，骑师却并未因此而向他点头致意，反而将下巴扬得更高，放在外套口袋里的拇指也拽得更紧。

坐在拐角那桌的三个男人，一个是驯马师，一个是赛马赌博经纪人，还有一名富翁。驯马师名叫西尔维斯特——这是个身材高大、大腹便便的家伙，鼻子发红，有双迟钝的蓝眼睛。赛马赌博经纪人名叫西蒙斯。至于那个富翁，他下午刚把自己手下一匹名叫赛尔脱兹的骏马给骑师骑过。三个人正喝着兑了苏打的威士忌，这时，穿白色制服的侍应生把他们晚餐的主菜给端了上来。

西尔维斯特最先看到了骑师，他很快地将自己的眼神移向别处，同时放下手中的威士忌酒杯，紧张地用拇指揉了揉自己的红鼻头。“那是比奇·巴洛，”他说，“他就在餐厅那头站着，正盯着我们看呢。”

“噢，那个骑师啊，”富翁回应道，他此时正面朝着墙坐着，于是便扭过头去，看向骑师所在的方向，“叫他过来吧。”

“天呐，千万不要。”西尔维斯特说。

“他疯了。”西蒙斯语调平淡、毫无起伏地说。他天生长了一张赌徒的脸，表情经过细致调整，永远都保持着一副兼有畏惧与贪婪的模样。

"嗯，我倒不会那样说，"西尔维斯特接茬道，"我认识他挺久的了，大概半年以前，他还算是正常。但如果他还继续像现在这样，照我估计，明年就得走人了。"

"都是因为在迈阿密发生的那件事。"西蒙斯说。

"什么事？"富翁问道。

西尔维斯特瞥了一眼站在房间那头的骑师，随后，用他痴肥的红舌头润了一下自己的嘴角，"是一场意外。有个孩子在赛道上受伤了，摔断了腿和胯骨，那是他一个特别好的朋友，一个爱尔兰孩子，骑术也挺不错。"

"真遗憾啊。"富翁回应道。

"是的，他们两个是非常要好的伙伴，"西尔维斯特说，"在比奇住的酒店房间里，你总是能看到那孩子，他们会玩玩拉米纸牌，或者一起躺在地板上，读读报纸体育版。"

"唉，这种事情也是难免。"富翁说。

西蒙斯切开了他的那份牛排，叉子朝下抵着盘子，用餐刀小心地把配菜蘑菇堆叠起来。"他疯了，"他重复道，"他让我感到毛骨悚然。"

餐厅里座无虚席，中间的宴会桌正在举办聚会。在八月，总有绿白相间的蛾子四处飞舞，在黑夜之中寻找方向，在透亮的烛光旁扑腾飞舞。两个穿着法兰绒裤子和运动夹克的女孩，手挽着手穿过餐厅，朝着酒吧走去。外面的大街上传来假日特有的、歇斯底里的狂欢声。

“他们声称，每逢八月，萨拉托加就会成为人均最为富裕的小镇。”西尔维斯特转头看向富翁，“你觉得呢？”

“我也不清楚，”富翁答道，“很可能是这样吧。”

西蒙斯讲究地用食指尖擦了擦他油腻的嘴巴。“那好莱坞呢？还有华尔街——”

“等下，”西尔维斯特说，“他要走过来了。”

骑师离开了墙壁，走向角落的这张桌子。他走起路来一副装腔作势的模样，每走一步都要先把腿摆个半圈，然后脚后跟再轻轻点一下地板上的红色天鹅绒地毯。在经过宴会桌时，他不小心蹭到了一个穿着白色绸缎衣服的胖女人，因此，他后退一步，闭起眼睛，非常谦恭且夸张地鞠了一躬，以示歉意。终于横穿过餐厅之后，他拉过一把椅子，摆在桌子一角，坐在西尔维斯特和富翁之间，却并没有点头致意，灰白的脸上也没有任何表情变化。

“吃过晚饭了吗？”西尔维斯特问。

“竟然也会有人把这玩意儿称作晚饭的吗？”骑师的声音尖锐而高亢，清晰又苦涩。

西尔维斯特很小心地把他手中拿着的刀叉放到盘子上。富翁也从他的座位上转身，侧坐在椅子上，翘起了二郎腿：他身穿斜纹马裤、破旧的棕色夹克和一双没有专门擦亮的靴子——尽管整个赛季都没见过他骑马，不过他还是整日这么穿着。西蒙斯则继续吃他的那份晚餐。

“来点带气的矿泉水吗？”西尔维斯特问，“或者喝点别的？”

骑师没有回话，他从口袋里抽出一只金色烟盒，“啪”地一声打开，里面装着几根卷烟，还有一把金色折叠小刀。他用小刀把卷烟切成了两段，只见他一边点烟，一边伸手唤那侍应生过来：“一杯肯塔基波本威士忌，谢谢。”

“好了，听着，孩子。”西尔维斯特说。

“不要叫我孩子。”

“理智一点，你知道，你得保持点理智。”

骑师扬起左侧嘴角，僵硬地冷笑了一下，垂眼看了看桌上摊开摆放的食物，很快又抬起了头。摆在富翁面前的是一盘奶汁烤鱼，上面装饰了欧芹。西尔维斯特则点了一份班尼迪克蛋，配上了一些芦笋、新鲜的奶油玉米，还有一份湿嗒嗒的黑橄榄配菜。一份炸薯条放在餐桌边缘，正好在骑师面前。他没有继续端详这些食物，而是用他那双干涸的双眼凝视着桌子中间那些盛开的薰衣草色玫瑰。“我想，你应该还记得一个叫麦奎尔的人吧。”

“好了，听我说。”西尔维斯特说。

侍应生端来了威士忌。骑师用他那瘦小而结实、布满老茧的手抚摸着玻璃杯。他手腕上的金手镯碰到桌子边缘，发出叮当作响的声音。只见他转动着掌间的玻璃杯，突然大口一张，两下就喝干了整杯的威士忌，接着又猛地放下了杯子。“不，我可不认为你的记忆力有那么长久，脑容量能够记住那么多的事。”他说。

“算你说得对吧，比奇，”西尔维斯特说，“你怎么会变成现在这样？你今天收到那孩子的信了吗？”

“我确实收到了一封信。”骑师说，“我们讨论的那个孩子，这周三被开除了。他现在一条腿比另一条腿短两英寸。就是这样。”

西尔维斯特砸了咂嘴，又摇了摇头，“我清楚你的感受。”

“你知道吗？”骑师看着桌上那些食物，眼神扫过奶汁烤鱼、玉米，最后落在了那盘炸薯条上。他绷紧了脸，很快又抬起头来，捡起一片掉落的玫瑰花瓣，用拇指和食指揉搓一下，放进了嘴里。

“唉，这种事也是难免。”富翁说。

驯马师和赌博经纪人各自吃完了自己那份食物，但他们的餐盘里还有些剩菜，富翁把他沾满了黄油的手伸进玻璃杯的水里洗了洗，并用餐巾纸擦干。

“怎么样，”骑师说，“你们还想再点些什么吗？也许你们还想再来一份大块牛排呢，先生们，或者——”

“好了，”西尔维斯特说，“理智一点，你为什么不上楼休息休息呢？”

"就是，我干嘛要呆在这儿呢？"骑师说。

他那种一本正经的声音变得更加高昂了，带有近歇斯底里的尖锐哀鸣。

"我为什么不回到我那该死的房间里，来回走走，写几封信，像个好孩子一样上床睡觉呢？我为什么不直接——"他把椅子往后一顶，站了起来，"唉，我真傻，"他说，"在你们眼里，我恐怕就是个傻子吧。我要去喝一杯了。"

"我敢说，喝酒绝对会让你自作自受，"西尔维斯特说，"你知道酒精会对你造成什么影响的，你再清楚不过了。"

骑师穿过餐厅，走进酒吧，点了一份曼哈顿鸡尾酒。西尔维斯特看见骑师的脚后跟紧紧并在一起站立在那里，身体像一个排头士兵那样努力站好，翘起兰花指，捏住鸡尾酒杯柄，慢慢地啜饮起来。

"他果然疯了，"西尔维斯特说，"就跟我说的一样。"

西尔维斯特转向富翁，继续说道："现在，他如果吃下一块羊排，一个小时之后，你还能在他胃里原原本本地找回这块羊排。他如今可消化不了食物了，体重只有一百二十点五磅，自从我们离开迈阿密后，他倒还长胖了三磅。"

"一个骑师是不应该喝酒的。"富翁说。

"食物不可能像以前那样满足他了——他消化不了。如果他吃下一块羊排，那羊排只会卡在他胃里，不会往下走了。"

骑师喝完了他的曼哈顿鸡尾酒，用拇指把杯底的樱桃捞出来，在嘴里嚼嚼碎，吞咽了下去，然后把杯子推开。那两个穿运动衣的女孩在他左边面对面站着，另一边的两个票贩子正在争论世界上哪座山最高。每个人都和另一个人在一起，这个夜晚，没有人单独喝酒。骑师付了一张崭新的五十美元纸钞，找回的零钱，也并没有拿起来点一点。

他走回餐厅里那三个人的桌旁，但并没有坐下。“不，我并不认为你们的脑容量能够记住那么多的事。”他说。他的个子实在太小了，桌面的边缘几乎与他的皮带平齐，不用弯腰，便可以用他那瘦长而结实的手抓住桌沿。“不可能的，你们这些人，就知道在餐厅里狼吞虎咽，你们可真是——”

“说真的，”西尔维斯特恳求道，“你真应该表现得更理智些。”

“理智！理智！”骑师灰白色的脸抽搐了一下，随后，嘴角边又挂上了刻薄的冷笑。他摇了摇桌子，令桌上摆着的餐具发出了哐当碰撞的声音，似乎有那么个瞬间，他想干脆把它们全都推下去算了。不过，突然之间，他停下了动作，手伸到离他最近的那个盘子上，不慌不忙地抓了几根薯条，放进了嘴里。他慢慢咀嚼着，上嘴唇向上翻起，然后转身，把嚼得稀烂的薯条吐在光滑的红地毯上。“放浪形骸之徒。”他说，语调单薄而嘶哑。他嘴里反复念叨着这个词，仿佛这个词语本身就是一道美味，是某种能够令他感觉愉悦的物质。“你们这些放浪形骸之徒。”他又说了最后一遍，然后就转过身，大摇大摆地走出了餐厅。

西尔维斯特耸了耸他松散又沉重的肩膀。富翁抹了抹自己之前不小心洒在桌布上的水渍。他们都一语不发，直到侍应生过来收拾桌子时，才重新开始交谈。

席琳斯基夫人和芬兰国王

赖德学院能够聘请到席琳斯基夫人，可全是音乐系主任布洛克先生的功劳。全院上下都倍感荣幸。无论是作为作曲家还是教育家，席琳斯基夫人的声望都令人敬佩的。布洛克先生亲自负责，为席琳斯基夫人找到一处带花园的舒适房屋，既靠近他自己的公寓住宅，也方便她前往学院。

在席琳斯基夫人到来之前，西桥没有一个人听说过她。布洛克先生在音乐期刊上看到过她的照片，有一次，还曾经就某份布克斯泰胡德手稿的真实性给她写过信。除此之外——在她来音乐系就职的相关事宜定下来之后，他们还就一些颇为务实的问题交换了几封电报和邮件。她写信的方式清晰且工整，在这些往来信件当中，唯一不同寻常的事情就是——她偶尔会提及一些布洛克先生完全不知道的物品或人物，比如“里斯本的那只黄猫”或者“可怜的海因里希”。布洛克先生把这些混乱的错误归因于席琳斯基夫人曾携家带口地离开欧洲，这些恐怕就是她当年的经历。

布洛克先生是个挺温和的人，他多年讲授莫扎特小步舞曲，解释何为减七度，何为小三和弦，这些让他具备了职业性的耐心。在大部分时候，他都是独来独往，他厌恶学院里的各种无聊琐事和委员会。几年之前，音乐系同僚们决定在萨尔茨堡共度夏天。布洛克先生却在出发前的最后一刻偷偷溜走，独自去了一趟秘鲁。他这个人确实是有些怪癖，所以也很能包容其他人的古怪个性。反正，他是很能从荒谬的人与事当中获得乐趣的那类人。通常来讲，当面对一些场面过于严肃和不怎么协调的状况时，他就会感到自己内心深处产生出某种骚动。这也使他温和的长脸显得更加僵硬，灰色眼睛里的光芒也变得更为犀利。

秋季学期开始前的一周，布洛克先生亲自到西桥火车站去接席琳斯基夫人。他立刻就认出了她。她是个身材高大、身型挺拔的女人，脸色苍白而憔悴，眼窝深陷，眼睛四周仿佛蒙上了一层阴影。至于那头乌黑杂乱的头发，她选择自前额向后束起。她拥有一双天生纤长、精致的小手，看起来却完全没有细心打理过，显得很糟蹋。她浑身上下都散发着一种难以形容的高贵气质，其气场使布洛克先生接连后退了几步，稍息片刻，在紧张地解开了自己的衬衣袖扣之后才缓过神来。她的着装——尽管只穿了一条黑色长裙，套着一件破旧的皮夹克——却给人留下了颇为优雅的印象。与席琳斯基夫人同行的是三个孩子，都在六岁至十岁之间，金色头发，眼神空洞，但都很美丽。除此之外，还有一位老妇人，后来才知道，她是他们来自芬兰的仆人。

以上便是他在车站见到的一行人了。他们唯一的行李就是两大箱手稿，其他的随身物品，在斯普林菲尔德换乘的时候，统统遗忘在了车站里——任何人身上都可能发生这种事。当布洛克先生送他们上出租车时，一度认为一切已暂时告一段落，再不会发生什么糟糕的麻烦事了。哪里知道，就在这时，席琳斯基夫人突然伸手越过他的膝盖，去够车门，想要出去。

“我的天呐！”她说，“我丢了我的——你们怎么说来着？——我的滴答滴答响的那个——”

“你的表吗？”布洛克先生问。

“噢！不是！”她激动地说，“你知道的，滴答滴答的那个，”然后，她摇晃手指，做出钟摆摆动的动作。

“滴答滴答，”布洛克先生双手放在额头上，闭上眼睛，“你指的是节拍器吧。”

“是的！是的！我想我肯定是在换乘的时候弄丢了。”

布洛克先生试图安抚她。他甚至用人们精疲力尽时常有的那种盲目自信，说自己明天就会再给她弄一个新的回来。不过，与此同时，他又不得不承认，自己对此多少也感到有些好奇——她都已经弄丢了其他差不多所有行李，却独独因为一个节拍器感到如此惊慌失措。

席琳斯基夫人一家搬到了布洛克隔壁的房子里，看起来一切似乎都很顺利。孩子们很安静，他们的名字分别是西格蒙德、鲍里斯和萨米。他们总是聚在一起，走路时一个跟着一个，排成一列纵队，就跟印第安人一样。排首位的通常都是西格蒙德。他们彼此之间用一种由俄语、法语、芬兰语、德语和英语相互组合而成的语言进行交流，这个家庭之外的人们对于这种沟通方式简直难以理解。不过，每当有外人在场的时候，他们又会保持令人感觉怪异的沉默。席琳斯基夫人一家令布洛克先生感到有些不安，倒不是因为他们的言行举止，其实也都只是一些小事罢了。比如，他总是在潜意识中觉得，席琳斯基的孩子在家里很让他心烦，后来，他终于发现，席琳斯基家的男孩们对自己造成困扰的原因，是因为他们从不走在地毯上，他们会绕过地毯，排成纵队直接走到地板上，如果某个房间里铺了全地毯，他们就会站在门口，不走进去。另外一件事：几个星期过去了，席琳斯基夫人似乎还没有安顿下来的意思，只是置办了一张桌子和几张床。前门整日整夜都敞开着，没过多久，这房子就开始呈现出一种奇怪而荒凉的状态，就好像那种已被遗弃多年的废宅。

席琳斯基夫人刚一抵达，学院便感到非常满意。她在教学上有一种狂热且坚定的坚持态度，一旦有谁完不成她所布置的斯卡拉蒂颤音练习，她就会大发雷霆，才不管你是玛丽·欧文斯还是伯纳迪恩·史密斯。她在学院的办公室里有四架钢琴，因此，她会一次性找来四个茫然无措的学生，让他们一起演奏巴赫的赋格曲。整个学院里，就数她办公室里发出的响动最为奇特，可是席琳斯基夫人本人对此却不以为意，毕竟，在音乐领域，如果纯粹的意志和努力能够超越音乐灵感所起到的作用，那么赖德音乐学院早就更上一层楼了。席琳斯基夫人选择在晚上写她的第十二交响曲，她似乎从来都不需要睡觉。夜晚，无论何时，只要布洛克先生碰巧从起居室的窗户往外看，她工作室的灯光永远都是亮着的。不，布洛克先生之所以变得如此多疑，当然不是因为专业的缘故。

直到十月下旬时，他才第一次察觉到似乎有什么不对的地方。那天，他和席琳斯基夫人愉快地共度了午餐时光，夫人生动详尽地描述了她在1928年时的一次非洲之旅。下午晚些时候，她神情恍惚地出现在他办公室门口。

布洛克先生从桌上抬起头来问道：“有什么需要吗？”

“没有，谢谢你，”席琳斯基夫人用一种低沉优雅的声音回答道，“我只是在想，你还记得节拍器的事情吧，你觉得我有没有可能丢在了法国人那里？”

“谁？”布洛克先生问。

“就是那个——我之前嫁的那个法国人。”她回答。

“哦，法国人，”布洛克先生温和地回应道，他试图去想象席琳斯基夫人丈夫的模样，不过他的想象力显然对此表示了拒绝，于是，他只好不痛不痒地接茬道，“哦，孩子们的父亲。”

“不是这样的，”席琳斯基夫人毫不犹豫地否定了他的提法，“只是萨米的父亲。”

布洛克先生迅速意识到自己说错话了，他本能地警告自己不要再多说什么了。不过，此刻，他仍旧非常尊重人际交往时所应遵循的礼仪，因此，他的良心促使他继续发问道，“那么，其他两个孩子的父亲又是谁呢？”

席琳斯基夫人伸出一只手来，放到脑后，揉了揉她那参差不齐的短发。她脸上的表情，看起来宛若梦境。席琳斯基夫沉默了好一会儿都没有回应，最后才轻声说道：“鲍里斯是一个波兰短笛手的。”

“那西格蒙德呢？”布洛克先生一边问，一边看了看自己整洁的办公桌，上面摆放了一叠改好的作业、三支削好的铅笔，一个大象形的象牙镇纸。当他再次抬眼望向席琳斯基夫人时，她显然已经在想些别的事情了，只见她环顾了一番房间里的每个角落，眉毛低垂，下巴左右颤动，最后，她说：“我们刚才是在讨论西格蒙德的父亲吗？”

“噢，也不算吧，”布洛克先生说，“讨论他并没有太多必要。”

席琳斯基夫人用一种庄严而决绝的声音说道：“可是，他跟我是来自一个国家的同胞啊。”

其实布洛克先生一点不在乎他究竟是不是这个国家的人，或者其他什么。他没有任何偏见，就算某人结婚十七次，有个中国孩子，他也丝毫不关心。不过，不知为何，和席琳斯基夫人的这段谈话却令他感到心烦意乱。突然之间，他明白了：那几个孩子看上去一点都不像席琳斯基夫人，但他们彼此之间却很相像——虽然各自拥有不同的父亲。这种古怪的相似性，着实令布洛克先生感到惊异。

不过，席琳斯基夫人已经不想再继续谈论这个话题了，她拉上了皮夹克的拉链，转身离开。

“绝对是落在那儿了，”她自顾自地快速点了点头，说道，“就在那个法国人那里。”

音乐系的事务进展都挺顺利。布洛克先生这边也再没什么严重的麻烦事需要处理了，比如，去年那位教竖琴的老师，最后竟跟一个汽车修理工私奔——就是那种类型的麻烦事。只是，对于席琳斯基夫人，他心中总是有种挥之不去的忧虑感。他也弄不清他们之间的关系有什么问题，或者他的感情为何如此五味杂陈。首先，她是一个了不起的漫游家，因此，在和她谈话时，她那种不合时宜的老练，总是显得有些不着边际。有时，她会一连好几天不开口，双手插在夹克口袋里，小心翼翼地穿过走廊，面无表情，陷入冥想。然后，转眼之间，她又会迫使布洛克先生听她冗长又散乱的大段独白，说话的时候眼神明亮，声音温暖，言语之间充满了热切的渴望。总之，她要么长篇大论，要不一言不发。然而，无一例外的是，她所提及的每一件事都让人觉得有些怪异，仿佛某种带有一定倾向性的杜撰。比如，当她说起带萨米去理发店这件事时，给人的印象就像是去巴格达玩了一下午似的。这让布洛克先生很是不解。

接下来，真相来临，突然之间，一切都变得非常清楚了，至少让布洛克先生理清了头绪。那天晚上，布洛克先生早早地回到了家，给起居室的小壁炉生上了火，觉得舒适自在，安心平静。他穿着袜子坐在炉火前，身旁的桌子上放着威廉·布莱克的诗集。他给自己倒了半杯杏仁白兰地。十点钟时，他在炉火旁打着瞌睡，脑海里迷迷糊糊全是马勒的旋律和一些浮想联翩的内容。在这个微妙的恍惚间隙之间，他的脑中蓦然冒出了四个字“芬兰国王”。这几个字似乎很是熟悉，不过，此时此刻他还意识不到它们是从何而来。说时迟那时快，他马上又追踪到了与它们相关的线索。那是一个下午，他正在校园里走着，席琳斯基夫人过来拦住他，开始了一段荒谬的胡言乱语。但当时他是左耳进右耳出，因为他正在思考旋律对位课上收上来的那些作品集。现在，她当时那些胡言乱语，她说话时的语调，却又异常清晰、准确地重新回到了他的记忆中。席琳斯基夫人是这样开始的：“有一天，当我站在一间法式糕点店前面时，芬兰国王正好乘着雪橇经过。”

布洛克先生猛地挺身，在椅子上坐直，放下手里的白兰地酒。他明白了，这个女人是个撒谎成性的人，除了在课堂上之外，她所说的每句话几乎都不是真实的。如果她工作了一整个晚上，她就会跑来不厌其烦地跟你说，她昨晚看电影去了。如果她是在“老酒馆”吃的午饭，那么，她肯定会说她是跟自己的孩子们在家里共进午餐。那个女人不过就是个病态的说谎者罢了，如此一来，一切就都解释得通了。

布洛克先生捏了捏自己的指关节，从椅子上站起来。他的第一反应是愤怒。日复一日，席琳斯基夫人竟然还敢坐到他的办公室，跟他像那样谈话，话语之间，谎言泛滥成灾。布洛克先生觉得自己受到了很明显的挑衅。他先是在房间里来回踱步，接着又走进了小厨房，打算给自己做个沙丁鱼三明治。

一个小时之后，他在炉火旁坐了下来，此时，他的恼怒已经转变为一种充满好奇的探究，他告诫自己，他本人所要做的，是客观地看待整件事情，作为一个医生，像对待病人那样去对待席琳斯基夫人。她的谎言倒是颇为老实，并不存在任何要去掩饰自己欺骗行为的企图，也从未通过谎言获取任何好处。然而，这也正是其让人感到恼火之处——这一切的背后并没有任何动机。

布洛克先生把剩下的白兰地都喝光了。渐渐地，时间临近午夜时分，他对此又有了进一步的推测。席琳斯基夫人撒谎的主要原因既可悲又朴实。席琳斯基夫人的一生都投注于钢琴、教学，以及创作那些无比美丽的十二部交响曲当中。日日夜夜，她都在呕心沥血，全身心地投入自己的工作，在此之外，她没剩下什么精力来应付其余的事务了。作为一个常人，在承受工作之余的空虚时，她必须竭尽所能地去进行弥补。比如，当她在图书馆的某张桌子上度过了一整晚之后，又马上对外宣称，说自己花了一整夜时间去玩扑克牌，如此一来，就好像她已经同时成功完成了这两件事一样。她依赖这些谎言生活着。这些谎言使她离开工作之后的时间翻了一倍，并且给她的个人生活增加了一些琐屑的回忆碎片。

布洛克先生注视着炉火，席琳斯基夫人的面容在他脑海中浮现——那是一张严肃的脸庞，有着一双乌黑而疲惫的眼睛，嘴紧紧地抿着。他意识到自己的胸口升起一团温暖的火焰，并且还有一种同情、保护的欲望，以及强烈的感同身受感。一时之间，他陷入了一种醉人的困惑当中。

在这之后，他刷了牙，穿上了睡衣。他必须得更实事求是一些。如此推断又能说明什么呢？法国人、吹短笛的波兰人抑或巴格达？还有那些孩子，西格蒙德、鲍里斯和萨米，他们究竟是谁？他们真是她的孩子吗？还是她只是从什么地方把他们给抱过来的？布洛克先生擦亮眼镜，放在床边的桌上。他必须马上弄清她的底细，否则，系里肯定会出什么问题。现在是凌晨两点，他瞥了一眼窗外，看到席琳斯基夫人工作室的灯光依旧亮着。布洛克先生回到床上，试图策划一下明天要具体怎么跟她说，黑暗之中，他的表情格外狰狞。

隔天，布洛克先生不到八点便抵达了办公室，弯腰坐在自己桌前，等待席琳斯基夫人从走廊上经过。他没有等多久，一听到席琳斯基夫人的脚步声就赶紧叫住了她。

席琳斯基夫人站在门口，显得迷糊而倦怠。“你好吗？我昨晚睡得不错。”她说。

“请坐下，如果你乐意的话，”布洛克先生说，“我想和你谈一谈。”

席琳斯基夫人把公文包放到一边，疲倦地靠坐在他对面的扶手椅上。“什么事？”她问。

“昨天，我经过校园的时候，你和我说了一些话，”他用极为缓慢的语速说道，“如果我没弄错的话，我想你说的是一家糕点店和芬兰国王的事情，对吗？”

席琳斯基夫人把头扭向一侧，凝视着窗框一角，似乎正在回想些什么。

“关于糕点店的一些事。”他重复道。

她疲惫的脸上突然变得神采奕奕，“当然，”她热切地回应道，“我跟你说，我正站在这家商店前面，当时，芬兰国王——”

“席琳斯基夫人！”布洛克大喊一声，“芬兰没有国王。”

席琳斯基夫人看起来一片茫然。过了一阵，她又开始絮叨起来，“我当时正站在本贾尼的蛋糕店前看那些蛋糕，然后我转过身，突然看见芬兰国王——”

“席琳斯基夫人，我就跟你说，没有什么芬兰国王。”

“在赫尔辛基，”她又开始拼命地解释说，但一讲完国王，就再没下文了。

“芬兰是个民主国家，”他说，“你不可能见过芬兰国王。因此，你刚才说的是不真实的，是个纯粹的谎言。”

从今往后，布洛克先生都不会忘记席琳斯基夫人当时脸上的表情。她的眼里流露出惊愕、沮丧以及一种走投无路般的恐惧。她的神情，就好像眼睁睁地看着自己的整个内心世界分崩离析了一般。

“非常抱歉。”布洛克先生极为同情地说道。

可是，席琳斯基夫人竟然又重新振作了起来。她抬起下巴，冷冷地说道：“我就是芬兰人。”

“我并不怀疑。”布洛克先生回答道。但转念一想，他又确实有些怀疑。

“我出生在芬兰，我是芬兰公民。”

“这是很有可能的。”布洛克先生提高声音说。

“战争期间，”她继续热情洋溢地说道，“我骑摩托车当过信使。”

“你的爱国主义和这件事没什么关系。”

“就因为我正要拿出第一份文件——”

“席琳斯基夫人！”布洛克先生说。他的双手抓住了桌子边缘，“这件事无关紧要，问题在于，你一直坚持并证明你所看到的——那个你所看到的——”不过，话说到这里，他却没有继续下去。席琳斯基夫人此刻如死人一般苍白的脸庞，和她那发暗的嘴唇阻止他继续说下去。她的双眼睁大，努力在绝望之中坚守着骄傲。布洛克先生突然觉得自己就像一个杀人犯。他百感交集——对她的理解，对自己的悔恨，以及不合情理的爱意——这使他双手掩面，久久不能言语，直到内心的波动平静下来。最后，他用非常微弱的声音说：“是的，当然，芬兰国王，他人还好吗？”

一个小时之后，布洛克先生坐在办公室里，眼睛望着窗外。西桥路两旁的树几乎都是光秃秃的，四周一片沉寂，学院里灰色的建筑看上去平静而悲伤。他漫不经心地打量着这些熟悉的场景，发现德雷克家那条老艾尔谷梗正沿着街道蹒跚而行。这是他看过上百次的场景，不过，这场景中似乎又存在着什么东西，让他感觉有点奇怪。然后，他惊讶地发现，那只老狗竟然正在倒着往后跑。布洛克先生眼睁睁看着这条艾尔谷梗倒着从视线中消失，又继续开始了工作，批改那些对位课上交上来的作业集。

旅居者

在清晨半梦半醒的朦胧之中，他仿佛身处罗马，这座极尽奢华的金色之城有着飞溅的喷泉和拱形的狭长街道，有盛开的花簇，以及年代久远的软石。每天，在这种意识似醒未醒的时分，他时而旅居在巴黎，时而置身于战时德国的废墟之中，抑或是瑞士的雪山酒店里，正在滑雪。有时，又会是在佐治亚州的荒野之上，策马奔腾，追逐黎明破晓的时刻。罗马则是独属今晨的梦之国度。

约翰·费里斯在纽约一家旅馆里醒来。醒来之后，他总觉得会有些什么不愉快的事情正在等着他——连他也不清楚具体会是什么事情。饥饿的感觉一阵袭来，直到他穿好衣服走下楼，这种感觉还一直徘徊着，挥之不去。这是一个万里无云的晴朗秋日，淡淡的阳光照射在色彩柔和的摩天大楼之间。费里斯走进旅馆旁边的一家杂货店，选了靠窗座位的最后一个坐下，这里可以望见窗外的人行道。他点了一份美式早餐，有炒蛋和香肠。

一个星期以前，费里斯从巴黎回到家乡格鲁吉亚参加父亲的葬礼。父亲的去世令他感到震惊，意识到自己的青年时代已经完全过去了。他的头发正在脱落，太阳穴所在的两鬓已经变成光秃秃的了，青筋凸起，除了日益膨胀的肚子之外，体型逐渐变得消瘦。费里斯很爱自己的父亲，他们之间一度也非常亲密——不过，多年之后，他已不知该如何去表达他的孝心才算合适。很久之前，他便已预计到了父亲的死亡，然而，等到真要面对的时候，却涌起了难以预料的哀伤。他尽可能长时间地呆在家里陪伴自己的母亲和兄弟，尽管如此，隔天一早，他还是不得不飞往巴黎。

费里斯取出自己的通讯录，开始核对号码。他一页一页地翻看着，态度越来越专注。里面的名字和住址有些是纽约的，有些是欧洲各个国家首都的，还有几个已经褪色的，是来自自己家乡美国南方的。这些印刷体书写的、已然褪色的名字，仿佛是醉醺醺之人所写的字迹，已经模糊不清。贝蒂·威尔斯——一次偶然的恋爱，对方现在已经结婚了；查理·威廉姆斯——在胡尔根森林认识的伤员，自那之后就再没听过他的消息；那个高大壮硕的威廉姆斯——他如今究竟是死是活呢？唐·沃克——电视上的风云人物，后来变得非常富有；亨利·格林——战后身体越来越糟，听说现在住在一家疗养院里；科兹·霍尔——听说她已经去世了，那个大大咧咧，很爱笑的科兹——很难想象这个傻得有些可爱的女孩竟会去世。费里斯合上了通讯录，这一系列短暂的回忆，似乎让他有种遭遇危险的感觉，心中充满了忧虑和恐惧。

就在此时，他的身体突然打了个寒战。他的眼睛正盯着窗外，人行道上经过的，是他的前妻伊丽莎白。她离他非常之近，步速缓慢地散着步。他的内心无比震颤，在她离开很久之后，她那不顾一切的冲动态度，种种优雅的举止，还一直徘徊在他心间，这一切都让他难以释怀。

费里斯很快结了账，冲到了人行道上。伊丽莎白正站在街角，等着穿过第五大道。他急忙向她走去，准备好了再会时想要说的话，不过，在他到达之前，她就已经穿过了街道。费里斯一直跟着她，在街的这边，他应该能轻易追上她，可是，不知为何，他却逐渐放慢了自己的脚步。此刻，费里斯注视着伊丽莎白，她那头棕色的卷发简单地卷了起来。他突然想起父亲曾称赞她为“漂亮的马车”。她拐过了下一个拐角，费里斯继续跟随着，虽然他想要追上她的感觉已经消失了。费里斯回忆起方才看到伊丽莎白时的那一刻，双手瞬间被汗渗透的潮湿感，以及心脏的剧烈跳动，这些身体层面上受引发而出现的一系列震颤现象，让他感到颇为困扰。

自从费里斯上次见到他的前妻到现在，已经过去八年了。他知道，很久之前她就再婚了，还有了孩子。近些年来，他很少会想到她。但刚离婚那会儿，这场婚姻失败几乎要毁了他。不过，时间会抚平一切伤口，他重新陷入了恋爱，一次又一次。现在的女朋友叫珍妮。很明显，他早就不爱他的前妻了，那为何他的身体会发生震颤，他的意志会产生动摇呢？他只知道，他这乌云密布的心情，和这阳光明媚的秋天实在是不搭调。突然，费里斯转过身来，大步流星，几乎像逃跑一样仓皇地回到了酒店里。

费里斯给自己倒了杯酒——尽管现在还不到中午十一点。他精疲力竭地瘫倒在扶手椅上，摇晃着酒杯，好让波本威士忌和水均匀混合在一起。隔天早晨，他就要搭乘回巴黎的飞机，今天一整天都安排得满满的。他查看了自己的日程，带着行李去法航，和他的老板一起吃午餐，还要买鞋子和外套。还有什么呢？费里斯喝完酒，打开了通讯录。

给自己前妻打电话这个决定，绝对是一时冲动。她的号码写在她现任丈夫贝利的下面。在打这个电话之前，他做了很多的自我解释。他和伊丽莎白在圣诞节时互相寄过明信片，在收到她的结婚请帖时，费里斯还送给她一套刀叉作为礼物。打这个电话并不需要什么理由。但他在电话这头等待的时候，心中还是一阵疑虑不安。

伊丽莎白接了电话，她熟悉的声音对他来说，完全是一个新的冲击。他报上自己名字时重复了两遍。当伊丽莎白终于确定是他打来的电话时，她的声音听起来很是高兴。他解释说他只在城里待上一天。伊丽莎白则说，他们一家晚上要去看电影，但还是邀请他晚上早些时候过来一趟，一起吃顿晚饭。费里斯说，他很高兴能够前往。

费里斯一个接一个地完成了自己的日程，仍旧觉得有什么该做的事情还没有做。傍晚时分，他洗了个澡，又转变了想法，他想起了珍妮，明晚他们就会见面。“珍妮，”他会说，“我碰巧在纽约遇到了我的前妻，和她，以及她的现任老公一起吃了顿晚饭。这么多年过去了，再见到她还真是有点奇怪。”

伊丽莎白住在东五十区，费里斯坐出租车前往。他在经过十字路口的时候，还碰巧瞥见了落日，等到达时，眼前就已经是秋日的夜晚了。这幢建筑物有着遮檐和门卫，他们的公寓在七楼。

“请进，费里斯先生。”

费里斯原本以为开门的会是伊丽莎白，或者她那个难以想象的丈夫，结果却是个一头红发、长着雀斑的孩子，结结实实让他吓了一跳。尽管知道他们有孩子，但在自己心里，不知为何，却并没有承认过这点。惊讶使他尴尬地后退了一步。

“欢迎来到我们家。”孩子彬彬有礼地说道。“你是费里斯先生吗？我叫比利。进来吧。”

穿过走廊，走进起居室，这家的丈夫又带来了一些意外。他们两人之前从未谋面，这次会面实在是有些冲动。贝利看起来像个有些笨拙的红发孩子，但举止却显得从容不迫。他站起身来，伸手以示欢迎。

“我是比尔·贝利，很高兴认识你。伊丽莎白在换衣服，很快就来了。”

最后这句话在他心中击出一连串的震颤，勾起了他多年以前的回忆。美丽的伊丽莎白，在沐浴前褪去了衣物，全身泛起玫瑰色的光泽。她半裸着身体，在梳妆台前梳理她纤细的栗色头发，此情此景，有着甜蜜而又随性、自然的亲密感，毋庸置疑，伊丽莎白本人也是柔软又可爱。费里斯赶忙甩开这些不请自来的回忆，强迫自己将目光集中在比尔·贝利身上。

“比利，你去把厨房桌上放着的那盘饮料拿过来好吗？”

孩子乖乖去了，在他走后，费里斯礼貌地夸奖道：“你们有一个乖孩子。”

“我们也是这样认为的。”

直到孩子拿来一盘玻璃杯和一个马提尼鸡尾酒的调酒器之前，他们一直保持着彼此沉默的状态。喝了几杯酒之后，他们才重新开始了交谈：讲了许多的杂事，俄罗斯、纽约的降雨，以及曼哈顿和巴黎的住房问题等等。

“费里斯先生明天要横渡大西洋呢，”贝利对坐在扶手椅上那个安静又乖巧的小男孩说道，“我敢打赌，你肯定想悄悄躲在他的手提箱里，一溜烟偷渡过去。”

比利则柔和地回应道：“我想正式坐飞机去，就像费里斯先生一样，成为一个新闻工作者。”他突然补充道，“这就是我长大之后想做的事。”

贝利说：“我还以为你想当医生呢。”

“我确实想当医生！”比利说，“两个我都想当。我还想成为一名研究原子弹的科学家。”

这时，伊丽莎白抱着一个女婴进来了。

“噢，约翰！”她一边说着，一边把孩子放在她父亲膝盖上。“见到你真是太好了，我很高兴你能来。”

小女孩娴静地坐在贝利的膝盖上。她穿着一条淡粉色的连衣裙，抵肩部分绣有玫瑰，头上戴有一条与连衣裙很相衬的丝绸发带，绑着她那头柔软的浅色卷发。她的皮肤有种夏天晒过之后特有的色调，棕色的眼睛里金光闪闪，含有笑意。当她伸手去够自己父亲戴着的牛角框眼镜时，他竟也很配合地摘了下来，让她透过镜片瞧了瞧。“瞧瞧，我的甜心长大了是个什么样？”

伊丽莎白很美，或许比他想象当中还要更加美丽。她笔直顺滑的头发闪闪发亮。她的脸庞看起来柔和、光亮而又宁静。这种如同圣母玛利亚一般的可爱美感，全都归功于美好家庭中和睦可亲的氛围。

“你都没怎么变，”伊丽莎白说，“都过去这么长时间了。”

“八年了。”寒暄交谈间，费里斯不自觉地摸了摸自己日益稀疏的头发。

突然之间，费里斯察觉，自己简直宛如一个闯入者——对于贝利一家而言，是个外人。他到底是来干什么的？他很痛苦，这么多年来，他自己的生活一直都是如此孤独，仿佛是在岁月残骸中苦苦支撑的脆弱圆柱。在这个充满着家庭氛围的房间里，他有些坐不住了。

他看了眼手表："你们准备去看电影了吗？"

"太不好意思了，"伊丽莎白说，"可是，我们早在一个月前就已订好了今晚的票。不过，约翰，过不了多久你就会回来定居的吧，不会总是当侨民的，不是吗？"

"侨民，"费里斯重复道，"我不是很喜欢这个词。"

"那更好的说法是什么呢？"她问。

他想了一会儿，"大概说旅居更为合适吧。"

费里斯又看了眼手表，伊丽莎白也再次表达了歉意，"要是早知道的话……"

"我只是刚好在城里待一天，我这次回家比较意外。因为我的父亲上周去世了。"

"费里斯爸爸去世了吗？"

"是的，在约翰·霍普金斯医院去世的。他生病了，在那里住了快一年。葬礼是在我们家乡佐治亚州办的。"

"噢，请节哀，约翰。费里斯爸爸一直是我很喜欢的人。"

小男孩绕到椅子后面，方便瞧着自己母亲的脸。他问："谁死了？"

费里斯不想理会这个忧虑不安的问题。此刻，他又想起了自己父亲的死，再一次看见棺材里的绗缝丝绸之上、父亲伸展开来的躯体，肉体上泛着一种怪诞的胭脂红色，那双熟悉的双手交叉放在胸前，手里还捧着一束葬礼专用的玫瑰花。伊丽莎白平静的声音响了起来，把他从回忆中唤醒。

“费里斯先生的父亲，比利，一个真正伟大的人，只是你不认识。”

“那你为什么叫他费里斯爸爸呢？”

贝利和伊丽莎白尴尬地交换了一下眼神。最后，贝利回答了这个好奇孩子的问题。“很久之前，”他说，“你的母亲和费里斯先生曾经结过婚。在你出生之前——那是很久之前的事了。”

“费里斯先生？”

小男孩盯着费里斯，眼里流露出惊讶和怀疑。费里斯回应了比利的眼神，某种程度上，就连他自己都有些怀疑了。眼前的伊丽莎白如此陌生，他确实曾在过去的某个时期、在夜晚充满爱意地称呼她为“小可人儿”吗？他们真的曾经居住在一起，一同分享过上千个日日夜夜吗？——最终，他们的婚姻还是一点点败给了各种繁琐杂事（嫉妒、酒精和金钱上的争吵）所带来的痛苦。

贝利对孩子说道：“某人该吃晚饭了，快来吧。”

“但是爸爸！妈妈和费里斯先生——我——”

比利一直看着费里斯——眼神里充满了困惑，还带着一丝敌意——这倒是让费里斯想起了另一个孩子的目光，那是珍妮年幼的儿子——一个七岁的男孩，他总是阴沉着脸，膝盖突出，费里斯一般都避免跟他接触，经常会忘了还有这么个孩子。

"快走！"贝利轻轻地把比利往门里推去，"说晚安，孩子。"

"晚安，费里斯先生。"紧接着，他又愤愤然地补充道，"我还以为我能吃完蛋糕再睡呢。"

"你可以之后再来吃蛋糕，"伊丽莎白说，"现在快去和爸爸一起吃晚饭吧。"

眼下就剩费里斯和伊丽莎白两人同处一室了。最初，两人都保持了沉默，使得气氛有些沉重。接下来，费里斯请求再斟上一杯酒，于是伊丽莎白便把鸡尾酒瓶直接放到了他旁边的桌上。费里斯看了看那架大钢琴，注意到上面放了乐谱。

"你弹琴的水平还跟过去一样漂亮吗？"

"我还是很喜欢弹琴。"

"弹一曲吧，伊丽莎白。"

伊丽莎白立刻站了起来。她一直都是这样热情又可爱，别人请求她表演的时候，从来都很乐意，绝不会扭扭捏捏地拒绝。随着她走向钢琴，似乎房间里的气氛也放松了下来。

她从巴赫前奏曲和赋格曲开始。前奏曲弹得如同清晨房间里的棱镜折射出来的华丽彩虹。赋格曲的开篇纯净而孤独，在反复之中，又加入第二种音调，然后再反复，呈现出多重的层次。曲子由多个部分组成，平和而宁静，流淌出从容的威严感。主旋律与其他两个音调交织，创造出无数优美的变式——先是主导的旋律，而后又再次趋于沉默，这都是为了保证整体旋律的一致性。乐曲逐渐进入尾声，为了丰富最开始的主题以及最后的和弦，音乐所有的部分都汇聚到一起，最终一举完成这首赋格。费里斯将头倚靠在椅背上，闭上双眼。音乐停止之后的寂静中，一个清亮高亢的声音从走廊尽头的房间里传来。

“爸爸，妈妈怎么会和费里斯先生——”接着是门关上的声音。

钢琴声再次响起——这次是首什么曲子呢？这是一首他所熟悉的曲子，在他心中漂泊不定，同时又格外清澈透亮。这首曲子在他心中沉睡已久，可现在，在另一段时期、另一处居所里，竟然再次开始对他低声细语——这是伊丽莎白过去经常弹奏的曲子，此时，它就如同清新的空气，唤醒了记忆的荒野。费里斯沉浸在对过去的渴望之中，内心充满了冲突与矛盾的欲望。奇怪的是，本应喧嚣激烈的音乐，如今却是如此宁静又可爱。突然之间，这美妙的旋律被女仆的声音给打断了：“贝利夫人，晚饭已经准备好了。”

餐桌上，费里斯坐在他的东道主和女主人之间，不过，他仍旧在想着那首未弹完的曲子。他觉得自己有点醉了。

“人生无常，”他说，“人世间再没什么事情能像一首未弹完的曲子那般惹人遐想了，或者说一本旧通讯录也可以。”

“通讯录？”贝利重复了一遍，说罢他便停住了，保持礼貌，没有继续发问。

“你还是跟以前一样，是个老男孩，小约翰。”伊丽莎白像以前那样温和地说道。

今晚吃的是典型的南方晚餐，桌上全都是费里斯最喜欢的菜。他们吃了炸鸡、玉米布丁和裹着厚厚糖霜的甘薯。吃饭的时候，伊丽莎白一直在找话题维持着聊天，免得长时间陷入过于安静的窘境。接下来，费里斯讲到了珍妮。

“我是去年秋天认识珍妮的——差不多是在今年这个时候吧——是在意大利。她是个歌手，以前在罗马结过一次婚。我想，我们应该很快就要结婚了。”

这些话听起来很真实，甚至连费里斯自己一开始都没有意识到自己正在说谎。他和珍妮在一起的这一年里，从来都没有提过结婚的事情。事实上，她还没有离婚——珍妮的丈夫是个白俄罗斯人，在巴黎做货币兑换生意，只是他们已经分居了五年。现在再纠正谎言已经太迟了，伊丽莎白开口说：“这真是太好了，恭喜你啊，小约翰。”

他又试着用些真相来填补那些谎言：“罗马的秋天非常美丽，繁花盛开。”他接着补充道，“珍妮有个六岁的小男孩，他很神奇，会说三种语言，我们有时会到杜伊勒里宫里去玩。”

又一个谎言。他确实曾带这个男孩去过花园。男孩叫瓦伦汀，费里斯只带他去过一次杜伊勒里宫的花园。那次，男孩穿着短裤，露出纤细瘦弱的双腿，在池塘里划了会儿小船，骑了小马，那孩子还想去看木偶戏，不过没有时间了，因为费里斯在斯科拉伯旅馆还有个约谈要去。他答应在下一次的某个下午，再带男孩去剧场。

突然响起一阵声响，女仆拿来了一个覆盖白色糖霜的蛋糕，上面插着粉色的蜡烛，孩子们也穿着睡衣进来了。费里斯有些不明所以。

“生日快乐，约翰。”伊丽莎白说，“快吹蜡烛吧。”

费里斯这才意识到，今天恰好是他的生日。蜡烛吹灭之后，房间里仍旧弥漫着一股蜡烛燃烧的味道。费里斯三十八岁了，太阳穴上的青筋凸起，一跳一跳的。

“你们该去看电影了。”

费里斯对伊丽莎白费心张罗的生日晚宴特别表示了感谢，然后再次致谢告别。贝利一家把他送到了门口。

一轮弯月高高地悬挂在高低起伏、漆黑一片的摩天大楼之间，月光熠熠生辉。街道上刮起了风，非常寒冷。费里斯拦了辆出租车，匆匆赶往第三大道。他凝视着这个城市的夜景，想着，也许这就是告别的时候了。他仍旧孤身一人，恨不得能马上飞走，开始未来的旅程。

第二天，他坐在飞机上俯瞰这座城市，城市在阳光的照射下闪闪发亮，就好像玩具一般，小巧又精致。渐渐地，美国被抛在了脑后，前方只有大西洋和遥远的欧洲海岸。云层下方是乳白色的平静海洋。这一整天，费里斯都在打瞌睡。天快黑时，他想起了伊丽莎白，还有前一天晚上的拜访。他想着伊丽莎白他们一家，内心涌起一股渴望，这股渴望中还掺杂着温和的嫉妒以及莫名的遗憾。那首未完成的旋律已经深深打动了他。他只记得其中一些节奏，一些不相关的音调，却想不起来整首曲子的旋律。不过这时，他却突然想起了伊丽莎白先弹奏的那首曲子，赋格曲的第一个音符在他脑海中响起——就一个小小的调子，颠来倒去地重复，好像在嘲弄他一样。飞机在海洋上飞行了很长时间，慢慢地，他不再感觉到焦虑和孤独，他又想起了父亲的离世，心情逐渐平静了下来。晚餐时间，飞机抵达了法国海岸。

午夜时分，费里斯坐在一辆出租车上横穿巴黎。这是一个阴云密布的夜晚，雾气缭绕着协和广场上的灯光。午夜小酒吧的光线，倒映在湿漉漉的路面上。总是这样，越洋飞行会给他带来一种时空骤变的错觉。纽约还是早晨，而这里，已经是午夜巴黎。费里斯开始意识到自己的一生过得有多么混乱：城市的更替、转瞬即逝的爱情，以及这些年不知不觉逝去的时间，时间总是如此。

"快点，快点，"他慌张地叫道，"你开快点！"

瓦伦汀给他开了门。小男孩穿着睡衣，外面套上了一件过长的红色长袍，灰色的眼睛眯了起来，直到费里斯走进公寓之后，他的眼睛才眨巴眨巴地睁开了。

"我想妈妈。"

珍妮在一家夜总会里驻唱，还有一个小时左右才会回来。地板上摆着蜡笔和画纸，瓦伦汀又继续开始画画。费里斯低头看了眼画——一个球形的连环漫画格子里，用歪歪扭扭的线条画了一个弹班卓琴的人，旁边还画上了音符。

"我们再去一次杜伊勒里宫吧。"

孩子抬起头来，费里斯把他拉近到自己的膝盖旁边。突然，伊丽莎白那首未完成的曲子又在他的脑海中响起，不过这次，他并未感受到记忆所带来的沉重负荷——这一次，只有突如其来的喜悦和释怀。

"吉恩先生，"孩子说，"你见到他了吗？"

他？费里斯此刻只能想到另一个孩子——那个满脸雀斑、受到家人喜爱的男孩。他困惑地问道："去见谁，瓦伦汀？"

"你在格鲁吉亚去世的爸爸，"孩子补充道，"一切都好吗？"

费里斯急切地说："我们以后要常去杜伊勒里宫，去骑小马，我们还会去看木偶，到时候看木偶戏就再也不必那么赶了。"

“吉恩先生，”瓦伦汀说，“木偶剧场已经关门了。”

虚度时光和对死亡的恐惧再次向他袭来。瓦伦汀正乖巧而又自在地依偎在他的臂膀之中。他的脸颊触碰着孩子柔软的面庞，甚至能感受到孩子纤细睫毛的颤动。此时此刻，带着内心的绝望，他紧紧地把孩子抱在怀里——就仿佛他那种饱含爱意的、复杂多变的情绪，可以去主宰时间的脉搏似的。

家庭困境

周四的时候，马丁·梅多斯早早地离开了办公室，准备搭乘一辆城际快车回家。此时，泥泞的街道上尚且辉映着一抹丁香色的晚霞，等到车子离开市中心的始发站时，城里却已经灯火通明。女仆在周四只工作半天，而且从去年开始，他妻子的身体就一直不太好，所以，他想尽快回家。这个星期四，他感到十分疲劳，不希望车上那几个老面孔过来找他搭话，于是，直到汽车穿过乔治·华盛顿桥之前，他都在专心地看报纸。一旦汽车驶上了西线9号公路，马丁便觉得回家的路程已驶过了一半。他深吸了一口气——即便现在已经天寒地冻，能够从汽车内部那烟雾弥漫的空气中吸到的只有阵阵冷风，他还是相信自己确实呼吸到了乡间的新鲜空气。往常这个时间点，他总是很放松，心里开始愉快地想着，自己马上就要到家了。但是，在过去的一年里，随着下车点的临近，他只会愈发地紧张。这个晚上，马丁把脸贴近车窗，望着外面荒芜的田野和偏僻小镇上的点点灯光，一轮明月照耀着漆黑的土地和晚冬时节蓬松的积雪。马丁觉得，这个夜晚的乡村显得辽阔而又荒凉。他从行李架上取下帽子，将折好的报纸放进口袋。几分钟后，他拉了绳子，示意要下车。

他家的小屋，距离公共汽车站只有一个街区的距离，离河也很近，却并不是直接靠在岸边。从家里客厅的窗户往外看，视线穿过街道和对面的院子，便可以看到哈德逊河。这座小屋的院子狭小，不过整体而言还算是崭新且现代的，四处几乎全部刷上了白色。夏天的时候，院子里的草坪柔软又油亮，马丁悉心照料着自己的花圃和玫瑰花架。到了寒冷的休耕时节，院子里又会变得一片荒凉，整座房子看起来便显得光秃秃的了。这个晚上，房子里的灯都还亮着，马丁快步朝着家的方向行进。在走到前门台阶之前，他停了下来，把一辆货车开到一边。

两个孩子正专心致志地在客厅里玩耍，都没有注意到前门打开了。马丁站在那里，注视着自己这两个乖巧可爱的孩子，他们拉开书桌最下层的抽屉，取出圣诞装饰物。安迪把圣诞树立在客厅的地毯上，试着往上面摆放各种圣诞彩灯，绿色和红色的灯泡闪闪发亮，带来的节日氛围似乎有些不合时宜。此刻，马丁试图跟随那根亮着的灯线，绕过玛丽安的摇摇马。玛丽安就坐在地板上，脱掉了一侧的天使翅膀。孩子们欢呼雀跃地欢迎爸爸回家，马丁将胖乎乎的小女孩抱到自己肩膀上，安迪则扑过来抱住父亲的腿。

“爸爸、爸爸、爸爸！”

马丁小心翼翼地放下小女孩，又抱起安迪，像钟摆一样摇晃他，然后，他捡起了圣诞树的灯绳。

“怎么把这些东西拿出来了呢？帮我把它们放回抽屉里去。我以前就告诉过你们，不可以玩电源插座的，还记得吗？我是认真的，安迪。”

六岁的男孩点了点头，将书桌的抽屉关上了。马丁轻抚着孩子柔软美丽的头发，随后又温柔地摸了摸他纤细的后脖颈。

“小家伙，吃过晚饭了吗？”

“吃了吐司，辣死我了。”

小女孩在地毯上绊了一跤，显然被吓着了，开始哭了起来。马丁将她扶起，抱着她走进了厨房。

“爸爸，你看，”安迪说，“就是这个吐司——”

艾米丽将孩子们的晚餐放在没有桌布遮盖的陶瓷台面餐桌上。上面放了两个盛着吃剩牛奶麦片粥和鸡蛋的盘子，一只装有牛奶的银色杯子，还有一大盘肉桂吐司，那些吐司只有一片被人咬了一口，留了个牙齿印，其余的连动都没动过。马丁闻了闻那片吐司，小心翼翼地咬了一个边角，然后便扔进了垃圾桶里，“天哪——这什么玩意！”

艾米丽将辣椒粉错当成肉桂粉用了。

“我吃完之后，嘴里就跟烧着了一样，”安迪说，“喝了水，赶紧张大嘴巴跑到外面去了，玛丽安一口都没吃。”

“是一点都没吃，”马丁纠正道，随后，他有些无助地站在那里，环顾厨房的墙壁。“好吧，就这样吧，”他最后说道，“妈妈现在在哪里？”

“她在楼上，在你们的房间里。”

马丁把孩子们留在厨房里，朝着妻子走去。他在门外停留了一会儿，仍然觉得有些生气。他没有敲门，一进去就把房门给关上了。

房间里非常舒服，艾米丽坐在窗边的摇椅上，正在喝一大杯饮料，一看到马丁进来，便急忙将杯子放到椅子后面的地板上，试图装出一副活泼的样子，来掩饰她的混乱和内疚。

“噢，马丁，你已经到家了？怎么都已经这个点了。我正准备下楼呢——”她走向马丁，给了他一个吻，嘴里带有浓烈的雪莉酒味道。当他发现马丁呆站在那里，反应迟钝，似要远离时，她后退了一步，略带紧张地傻笑着。

“你怎么啦？简直像个摆在理发店前面的旋转招牌一样杵在那儿。你是哪儿不舒服吗？”

“我哪儿不舒服？”马丁俯身捡起摇椅后面地板上的玻璃杯。“你要是能知道我有多不舒服的话，也就能知道这个——这对我们整个家庭有多么糟糕的影响了。”

艾米丽撒谎时那种故作轻松的语气，对于马丁而言实在是太熟悉了。通常在这种时候，她都会稍微带上一点英国口音，可能是在模仿她喜欢的哪个女演员。“我不知道你是什么意思，莫非你是指我那个装了点儿雪莉酒的玻璃杯？我就只喝了一个指头那么宽的一点点雪莉酒啊——或许有两个指头宽。不过，这又算得上是什么罪行呢，你告诉我啊？我没醉，好得很，我没事。”

“任何人都看得出来你没事。”

艾米丽小心翼翼地走进浴室里，拧开冷水水龙头，用双手捧着水洗了一把脸，然后又用自己干浴巾的一角拍了拍脸，最后擦干。她五官精致，年轻无暇。

“我这就下去做晚饭。”她步履蹒跚，抓住门框，试图保持平衡。

“我来做吧，你就待在这儿，我会把晚饭给你送上来的。”

“我才不干呢，为什么啊，你为什么要来做这些事？”

“拜托了。”马丁说。

“别管我，我很好，我这就下楼——”

“注意我说的话。”

“注意你他妈的。”

她跌跌撞撞地走到门口，但马丁却抓住了她的胳膊。“我不希望孩子们看到你这副样子。麻烦你讲道理一点。”

“我这副样子！”艾米丽猛地一下将自己的胳膊挣脱开，抬高声音，生气地叫嚷道，“为什么要这样对我？不就是下午稍微喝了点雪莉酒吗？你把我说得像个酒鬼似的。还说我这副样子……怎么啦？我还没喝威士忌呢。你也知道，我都没去酒吧，去那儿来点什么烈酒，那可比你说的要严重得多了。我现在，连晚餐的鸡尾酒都还没喝。我就喝了一杯雪莉酒。我问你，这很丢脸吗？什么叫我这副样子！”

马丁绞尽脑汁想让妻子平静下来。“我们两个单独在楼上，安静地吃顿晚饭。我的好女孩。”一见艾米丽在床边坐下，他马上就打开了门。“我马上就回来，很快。”

为什么？在楼下忙着做晚餐的时候，他陷入了沉思，再一次询问自己这个熟悉的问题，他的家里怎么会发生这样的事情？他自己一向也喜欢喝些酒。当他们还在阿拉巴马州生活的时候，经常会喝上一些啤酒，或者鸡尾酒。多年以来，他们晚餐前都会喝酒，少则一杯，多则三杯，睡前酒也是少不了的。节假日前夕，他们也会喝个痛快，甚至喝到醉醺醺的地步。但是，酒精摄入对他而言从来都不是什么问题，只是一项令人烦恼的开销罢了。随着家庭开支越来越多，他们也就慢慢负担不起这项开销了。可是，直到他所在的公司把他调到纽约去之后，马丁才意识到，他的妻子确实喝太多酒了。他发现艾米丽甚至在白天都会酗酒。

发现这个问题之后，马丁便试图去寻找原因。从阿拉巴马州搬到纽约之后产生的种种变化，在某种程度上，多少令她在生活上产生了困扰。艾米丽习惯了闲散而温暖的南方小镇，围绕在身边都是家人、亲戚和从小玩到大的朋友们。

她没办法适应北方这个严苛又孤独的环境。用母亲的身份来支撑家庭的职责，这对于她而言，已经成为了过于沉重的义务。她想念巴黎这个大都会，在如今身处的郊区小镇上，她也没能交上什么朋友，只能看看杂志和侦探小说。如果没有酒精，她的内心生活就会变得极度空虚。艾米丽这种毫无自制力的行为逐渐破坏了马丁心中对自己妻子的印象。有时是没由来的恶意，有时酒精成为了导火索，无论如何，这些都使得家里这种原本不应该出现的激烈争吵状况变得越来越多。他看到了艾米丽身上粗俗的一面，与她天生俱来的纯真格格不入。而且，她在喝酒这件事上还总是撒谎，用各种欲盖弥彰的谎言来欺瞒他。

就是这样，后来果真发生了意外。大约一年前的一个晚上，他下班之后才刚回到家里，就听到尖叫声从孩子们的房间传来。赶过去后，他发现艾米丽怀里抱着孩子，浑身赤裸，湿漉漉地从浴缸里爬了出来。孩子从她怀里滑落，脆弱的头颅磕到了台柜边缘，柔软轻薄的头发下面很快渗出了血。艾米丽则泣不成声，看得出来她已经喝醉了。马丁抱着受伤的孩子，那一瞬间，他觉得孩子无比珍贵，同时也对未来充满了恐惧。

到了第二天，经过检查，玛丽安并无大碍。艾米丽发誓，她再也不会碰烈酒了。之后的几周时间里，她都保持着神志清醒，但同时也表现出冷漠和沮丧。慢慢地，她又开始了——不再喝威士忌或者琴酒——转而喝了很多的啤酒、雪莉酒，以及一些味道古怪的利口酒。而且，曾经有那么一次，他无意中看到帽盒里有一只装薄荷酒用的空酒瓶。马丁找了一位做事可靠的女仆，她叫薇吉，也是阿拉巴马州人，把家里打理得非常好。他没敢告诉艾米丽在纽约市雇人所需支付的平均工资水平。在喝酒这件事上，艾米丽如今也变得偷偷摸摸，总是在他到家之前就喝完了。通常而言，他回来之后，几乎完全察觉不到她曾经喝过酒——除了偶尔会做出些反应不太灵光的动作，或者给人眼皮怎么也睁不开的感觉。实际上，她很少会做出像今天这种往吐司上面抹辣椒的不负责任行为。如果薇吉在家，马丁便能够完全放下自己的担忧。尽管如此，他还是会有些潜在的焦虑，觉得自己的生活危机四伏。

“玛丽安！”马丁回想起之前的事故，觉得有必要喊她一下才能安心。在那件事之后，小女孩再没受到过任何伤害，可是，对于她的父亲而言，她却因此而变得越来越脆弱而珍贵。看见她和哥哥一起走进了厨房，马丁才敢安心继续准备饭菜。他打开一只汤罐，在煎锅里放了两块排骨，然后便坐在桌子旁边，抱起玛丽安，让她像骑马一样在自己腿上玩耍。安迪在一旁看着他们，一边用手指拨动着他已经松动了足有一周的牙齿。

“这不是掉牙小糖人安迪吗！”马丁调侃道，“那只顽固的老牙齿还在你嘴巴里？走近一点，让老爸瞧瞧看。”

“我这儿有根绳子，是专门用来拔牙齿的。”孩子从口袋里取出一团缠绕在一起的线。“薇吉说，把这根绳子的一端系在牙齿上，另一端绑在门把手上，然后突然关上门——”

马丁拿出一条干净的手帕，小心地摸了摸那颗松动的牙齿。“这颗牙齿今晚就要从我家安迪的嘴里蹦出来啦，要是没蹦出来，我还担心家里会长出一棵牙齿树呢。”

“一棵什么？”

“一棵牙齿树。”马丁说，“你吃东西的时候，如果不小心把那颗牙齿给吞了下去的话，这颗牙齿就会在可怜的安迪胃里生根发芽，最后长成一棵牙齿树，树上面布满了锋利的牙齿，而不是树叶。”

“爸爸，你吹牛，我才不信。”安迪说道。不过，说归说，他还是用自己脏乎乎的拇指和食指捏住了自己的那颗牙齿，“怎么会有那样的树，我怎么从来都没见过。”

“确实没有那样的树，我至今都没见到过。”

说着说着，马丁突然紧张起来，他听到了艾米丽的声音——她正从楼梯上走下来。他密切关注着她笨拙的脚步声，因为害怕会发生什么事情，他用胳膊紧紧护住了儿子。当艾米丽走进房间时，从她的动作，还有她愠怒的表情上都可以看出，她刚才又喝了一些雪莉酒。只见她猛一下拽开抽屉，开始布置起餐桌来。

“什么叫我这副样子！”她用令人感到毛骨悚然的声音吼道，“你刚才竟然那样对我说话，别指望我会忘掉。我记得你对我说过的每个肮脏的谎言。你永远都别想让我忘掉。”

“艾米丽！”他恳求道，“孩子们都在呢——”

“孩子们——是的！别以为我没看穿你那些阴谋诡计。你自己先跑下楼来，想让我的孩子们背叛我。别以为我看不出来！”

“艾米丽，我求求你——上楼去吧。”

“这样一来，你就可以让我的孩子——我亲生的孩子们——”两行热泪从她脸颊上快速流下来，“你竟然要让我的小宝贝，我的安迪——让他背叛自己的母亲！”

由于酒后那难以遏制的冲动，艾米丽跪在了受到不小惊吓的孩子们面前，她双手搭在安迪的小肩膀上，以便保持平衡。“听着，我的安迪——你不要听你爸爸说的那些谎话。你不会相信他说的那些话，对吧？听我说，安迪，我下楼之前，你爸爸都跟你说些什么了？”孩子不知所措地望了望父亲的脸，“告诉我，妈妈想知道。”

“说了牙齿树的事。”

“什么？”

孩子重复了一遍，艾米丽反复念叨着孩子的话，语气中满是疑惧。“牙齿树！”一时之间，她的身体不受控制地晃了晃，赶紧重新抓紧孩子的肩膀，“我不知道你说的是个什么东西，但是——你听着，妈妈没事的，一切都很好，对不对？”眼泪，接连不断地从她脸庞上流下来。安迪有些害怕，扭过了头去，不再看她。艾米丽抓住桌子边缘，站起身来。

“你看！你已经让我的孩子背叛我了！”

玛丽安哭了起来，马丁赶紧把她揽在怀里。

“没关系，你可以带走女儿。你从一开始就更偏爱她，但我不介意。不过，你真要离开的话，至少也要把我的宝贝儿子留给我。”

安迪紧紧地贴住马丁，抱紧了他，一边摸着父亲的腿，一边哭泣着说了声“爸爸”！

马丁把孩子们带到了楼梯下面，“安迪，你带着玛丽安上去，爸爸一会儿就过来。”

“那妈妈呢？”孩子小声地问道。

“妈妈会没事的，不要担心。”

艾米丽在厨房的餐桌旁哭泣，脸深埋在臂弯里。马丁盛了杯热汤放在她面前。她那极为刺耳的抽泣声令他感到不安。不论原因如何，看到她情绪如此激动，他心里最终还是柔软了下来。他不太情愿地伸出手去，抚摸着她的黑发，说道：“还是坐起来，把汤给喝了吧。”她抬起脸来，望着他，脸上写满了内疚与恳求，孩子们的躲避和马丁的抚摸，让她的情绪逐渐平稳了下来。

"马——马丁，"她啜泣道，"我真是太羞愧了。"

"把汤喝了吧。"

她听从了他的建议，一边大口喘气，一边开始喝汤。在喝了两碗汤之后，她让马丁领着她回到了他们自己的房间。现在，她变得很温顺，情绪也很克制。他把她的睡衣放到床上，哪里知道就要离开时，新的悲伤情绪以及酒精所带来的心烦意乱感，再次席卷了艾米丽。

"他把头扭过去了。我的安迪明明是在看着我，然后却把头扭过去了。"

焦躁和疲劳使马丁的声音显得有些麻木，不过他还是很小心地说道："你忘了，安迪还是孩子，他不能理解这种场面的真正意义。"

"我刚才又闹出什么事了吗？啊，马丁，我在孩子们面前闹了吗？"

她那张惊恐的脸触动了马丁的心弦，反而令他觉得刚才的绝望感觉实在有些好笑，"别想了，换上睡衣，去睡觉吧。"

"我的孩子扭头不看我，安迪，本来看着他的妈妈，然后却扭过了脸，那可是我亲生的孩子啊——"

她又陷入了酒精所带来的、周期性的悲伤当中，马丁在离开房间前说道："看在上帝的份上，去睡觉吧，孩子们明天就会忘了。"

他说出这句话的时候，连自己都不太相信。此情此景，竟然会如此轻易地就从记忆当中消失吗？抑或，它其实会在潜意识中扎根，然后，在之后的岁月里，成为一种挥之不去的创伤？马丁自己也不知道，不过，后面这种设想却令他心生厌恶。他想着艾米丽，预感到明天清晨她将会感到无比羞愧：先是拼凑零散的记忆，然后瞪着双眼，从羞愧的深渊当中洞察到整件事的真相。她会给他的纽约办公室打两到三个甚至四个电话。马丁也已经预料到自己将会有多么尴尬，生怕办公室里的其他人会对他有所猜忌。他的秘书很久之前便已发现了他的烦恼，而且很同情他。一时之间，马丁忍不住想要和自己的命运相抗争，心里对自己的妻子充满了恨意。

他走进孩子们的房间，关上了门。这个晚上第一次感觉到了安全。玛丽安摔倒在地上，又自己爬了起来，喊道："爸爸，看我。"然后再次跌倒，又再次站起来，一遍遍地重复着这个跌倒—站起的游戏。安迪坐在儿童椅上，晃动着那颗牙齿。马丁往浴缸里放了水，在盥洗室洗了洗手，然后把孩子们叫进了浴室里。

"让我们再来看一眼那颗牙吧。"马丁坐在马桶上，让安迪坐在自己的膝盖上，环抱着他。孩子张开嘴，马丁捏住那颗牙，猛一个摇晃，接着又是很快速的拧动。转眼之间，那颗色泽如珍珠一般的牙齿就被拔了下来。有那么一瞬间，安迪的脸上闪现出了恐惧、惊奇和喜悦交织的神情。然后，他含了一口水，漱漱口，吐进了洗手盆里。“看，爸爸！有血！玛丽安！”

马丁喜欢给他的孩子们洗澡，喜欢他们光溜溜地站在水中央，这副场景能够令他感受到某种难以描述的温柔。艾米丽说他偏心，说对孩子偏心是很不公平的。当马丁给他纤瘦儿子的身体上打肥皂时，他觉得，自己对儿子的爱已经深到不可能更深了。他承认，对于这两个孩子的感情是有所不同的。他对女儿的爱更为含蓄，其中还带有一丝忧郁，有种近似痛苦的温柔情感存在。对于儿子——他给这小男孩起了许多外号，这些外号全都源于他平日里冒出来的各种各样的古怪想法。至于女儿，他总叫她玛丽安，声音里满满的全是怜爱。马丁拍了拍男孩胖乎乎的小凸肚，擦了擦小小生殖器上的皱褶。洗过澡之后的孩子们脸上容光焕发，像花瓣一样招人喜爱。

“我要把牙齿放在枕头下面，如此一来，我就能得到二十五美分。”

“为什么呢？”

“你知道吗，爸爸，约翰就是这样得到了二十五美分的。”

“那么，又是谁放在那里的呢？”马丁问他，“实际上，我一直都认为是牙仙们在夜色已深时放在那儿的。另外，在我小的时候，大家得到的都是十美分。”

“他们在幼儿园里都是这样说的。”

“那到底是谁放的呢？”

“家长们呀，”安迪说，“就是你呀！”

马丁给玛丽安盖好被子，他的小女儿已经睡着了，发出了轻柔的呼吸声。马丁弯腰吻了吻她的前额，又亲了亲她摊放在脑袋边的、掌心朝上的小手。

“晚安，安迪男子汉。”

回应他的只有一阵昏昏欲睡的咕哝声。过了一会儿，马丁取出随身的零钱，往安迪枕头下面塞了一枚二十五美分的硬币，还留下一个小夜灯亮在那里，这才离开。

马丁在厨房里徘徊着，准备做点夜宵吃。这时，他突然想起，孩子们并没有提起他们的母亲，抑或先前那幕以他们的年纪根本就无法理解的场景。他们都被诸如牙齿啊，洗澡啊，还有二十五美分等等其他一些事情给吸引住了。随着时间的流逝，孩提时代发生的这些无足轻重的琐事，就仿佛那些在湍急溪流中浮浮沉沉的叶子一样飘荡而去，至于成人世界里的那些困惑难题，也总是会在岸边搁浅，然后逐渐被人遗忘。马丁很感谢上天做了如此的安排。

不过，此刻，他心中压抑和潜伏着的怒火却再度燃烧了起来。他的大好青春全都浪费在了一个酒鬼女人身上，就连他的男子气概，也渐渐被磨灭掉了。等再过一两年时间，孩子们长大了，不再懵懵懂懂了，又会是个什么情况呢？他双肘支撑在餐桌上，狼吞虎咽地吃着自己做的夜宵，嘴里却一点味道都没有。纸是包不住火的——要不了多久，办公室里、镇子上都会传出各种各样的流言，说他妻子是个放浪形骸的女人。放浪形骸。接下来，他和孩子们的生活就会每况愈下，直至走向毁灭。

马丁向后推开桌子，悄悄地走进起居室里。他眼睛看着书，脑海里却翻腾着悲惨的景象：他看见自己的孩子们淹死在河里，自己的妻子在大街上丢人现眼。睡觉的时候到了，他拖着沉重而拖沓的脚步往上爬楼梯，强烈的怒火，像一件难以负担的重物一般，压迫在他的胸口。

房间里漆黑一片，只有半开着门的浴室里透出了一丝光亮。马丁悄无声息地脱下了身上穿的衣服。一丝一缕的，因为某种神秘莫测的原因，他的想法产生了某种变化。妻子睡着了，她平静的呼吸声在房间里轻轻地响起。高跟鞋和袜子被随意丢在一旁——对他而言，那看起来简直就像是一种无声的诱惑。内衣被随手扔在椅子上，乱七八糟地堆在那里。马丁挑出她的紧身褡，还有柔软的丝质胸罩，将它们捧在手里，呆站了一会儿。那天晚上，这是他第一次仔细端详自己的妻子。他的目光滑过她甜美的前额，落在她漂亮的弓形眉毛上。这眉毛遗传给了玛丽安，那微微翘起的娇嫩鼻尖也是。他儿子的高颧骨和尖下巴，同样遗传自艾米丽。她胸部丰满，身材苗条，凹凸有致。马丁端详着自己沉睡的妻子，心中的怒火逐渐消失，不再有任何责备和谴责她的想法了。

就这样，马丁关上了浴室的灯，打开窗户，小心翼翼地爬上了床，生怕惊醒艾米丽。借着月光，他再次端详起自己的妻子，并且伸出手来，抚摸身边这副美好的肉体，在他极为复杂的爱意之下，此时任由悲伤与欲望并举。

树、石、云

那天早上，天正下着雨，四周依旧很黑。当男孩抵达街车咖啡馆时，他这趟路程也算是差不多走完了，于是，他便进去喝了杯咖啡。这是一家通宵营业的咖啡馆，老板叫里昂，是个刻薄又小气的家伙。骑完了一长段风雨飘摇、空无一人的街道之后，这家咖啡馆便显得格外明亮而友好。柜台边上坐着几名士兵和三个在纺织厂工作的织布工人，角落里还窝着另外一个男人，这男人鼻头朝下，埋头喝着一大杯啤酒。男孩此刻戴着的帽子看起来就像是飞行员们会戴的那种头盔。走进咖啡馆的时候，他解开了下巴上的系带，升起右耳罩，拍了拍被压到充血、微微呈粉红色的小耳朵。一般情况下，当他喝咖啡的时候，总会有人过来找他，态度友好地跟他聊聊天。可是，今天早上，里昂连看都没多看他一眼，也没有什么人过来找他说话。最后，他付了钱，打算离开咖啡馆，就在这时，一个声音突然向他喊道：

“小孩！嘿！小孩！”

他转过身来，看到角落里那个男人正在冲他勾手指，示意他过去，同时还点了点头，跟他打招呼。此时，他的脸总算从一大杯啤酒后面露了出来，看起来好像突然变得很高兴。这男人个子算是比较高，脸色苍白，长着一只大鼻子，还有一头浅橘色的头发。

“嘿，小孩！”

男孩便朝着他走了过去。这是个十二岁左右、个子矮小的男孩。由于所负报纸的重量，肩膀看起来一边高一边低。他五官扁平，满脸雀斑，一双圆圆的眼睛，稚气未脱。

“有什么事吗，先生？”

那男人伸出一只手来，搭在报童的肩膀上，揽住他的身体，捏起他的下巴，慢慢地将男孩的脸从一侧转向另一侧。男孩颇感不安，连连往后缩。

“快说！你到底想干什么？”

男孩的喊声非常尖锐，咖啡馆里突然安静了下来。

只听那男人一字一顿地说道：“我爱你。”

柜台边坐着的人们统统笑了起来。男孩皱起眉头，不知该如何是好，恨不得赶快偷偷逃离这里。他看了看柜台里面的里昂，里昂的态度厌倦又冷漠，脸上带着嘲讽的神情，也看了看他。没办法，男孩只好尝试跟着大家一起大笑，却发现那男人看起来既严肃又伤心。

“我没有故意取笑你的意思，小孩儿，”他这样说道，

“坐下来吧，和我一起喝杯啤酒。我要跟你解释一些事情。”

报童小心翼翼地瞥向柜台边上坐着的那些人，希望能从他们那里得到一些帮助，弄清楚此刻到底应该怎么办，但是，他们竟然又开始吃起自己的早餐，或者喝起啤酒来，没有人再去注意他了。里昂则在柜台上放上了一杯咖啡，还有一小罐奶精。

“他是个不入流的家伙。”里昂说。

报童安静地坐在了凳子上，头盔两侧的护耳向上翻起，帽檐下露出的耳朵看起来又红又小。那人很严肃地朝他点了点头，“这很重要。”他说，然后便将手伸进裤兜里，取出一样东西放在手上，展示给男孩看。

“仔细瞧。”他嘱咐道。

男孩盯着看了一会儿，但实在没发现有什么值得细看的地方。他拿出来的是某个女人的肖像照片，但这照片本身非常模糊，只能看清她戴的帽子，还有身上穿的衣服。

“看清楚了吗？”男人问道。

男孩点了点头，于是，男人又拿出另外一张照片，放在手上。那是一个女人穿着泳衣站在海滩上的照片。这套泳衣穿在身上，显得她肚子很大——这就是男孩注意到的全部事情。

“看清楚了吗？”男人靠得更近了，再次问道，“你以前见过她吗？”

男孩一动不动地坐着，斜眼看了一下那个男人，然后说道："我不认识她。"

"好吧。"男人吹了吹那两张照片，又把它们放回了口袋，接着说了下去，"她曾经是我的妻子。"

"去世了吗？"男孩问。

男人缓慢地摇了摇头，撅起嘴唇，像吹口哨一样长长地发出一声"不——"，然后说道，"我会给你说清楚的。"

男人面前的台子上，摆着一杯装满啤酒的棕色杯子，他没有把它直接拿起来喝，而是弯下腰去，将脸贴在酒杯边缘，稍微停顿一会儿，然后用双手倾斜杯子，借机抿一小口。

"迟早哪天晚上，你的鼻子会泡进啤酒里，然后淹死的。"里昂说，"一个赫赫有名的过路客淹死在了他喝的酒里——那一定会是个非常有意思的死亡事件。"

报童想方设法向里昂使了个眼色，然后，趁男人没注意时，调动自己的面部肌肉，不发出一点声音，仅仅用口型问道："喝醉了？"可是里昂仅仅扬了扬眉毛，转身在烤架上放了些粉色的培根。那男人将杯子推开，挺直腰板，把肌肉松垮，长着弯曲手指的双手放在了柜台上。他满脸悲伤地看着报童。没有眨眼，但眼皮却时不时地耷拉下来，遮住他淡绿色的眼睛。男孩换了一侧肩膀背报纸。

"我说的可是爱情啊。"男人说，"对我而言，爱情是一门科学。"

男孩已经从凳子上滑出了半边屁股，打算开溜，但是，那男人此刻正举起食指，似要长篇大论，这让男孩觉得他身上好像有些什么东西正在吸引着他，不打算让他离开。

“十二年前，我和照片上那个女人结婚了。她是我的妻子。我们在一起计有一年九个月零三天两夜，我爱她，真的……”他清了清他那含糊而缓慢的声音，重复道，“我爱她。我还以为她也爱我。我是一个铁路工程师，她能有舒适奢侈的生活。我从来没觉得她会有什么不满意，但你知道发生什么事情了吗？”

“尽是些胡说八道。”里昂评价道。

男人依旧死盯着男孩的脸庞。“她离开了我。有天晚上，我回到家，发现房子空了，她走了。就是这样，她离开了我。”

“和哪个人一起走了？”男孩问。

男人轻轻地把手放到了柜台上，“那是当然的，孩子，女人是不会一个人跑掉的。”

咖啡馆里非常安静，外面还下着蒙蒙细雨，黑夜似乎无穷无尽。里昂用他那柄长长的专用叉压了压正在烤着的培根肉。“所以，你这十一年来，一直都在寻找那个蠢女人？嗐，这个老家伙还真是不知疲倦！”

听到这番话，那男人终于第一次抬头看了眼里昂：“请不要用词这么粗俗。况且，我也并没有跟你说话。”说罢，他又转向那个男孩，悄声说道："我们不要理他，好吗？"语气中充满了信任。

报童满怀疑惑地点了点头。

"是这样的，"男人继续说了下去，"我是个情感丰富的人，生活中的每一件事都会让我有所感悟。月光、漂亮姑娘的腿……等等，各种事情。不过重点在于，每当我很享受某件事情的时候，就会同时衍生出一种极为特殊的感觉，那种感觉仿佛时刻不停地在我周遭空间中飞舞游荡——令我既无法完全享受正在发生的那件事，也无法让那件事与身边其他事物相互融合。女人？我心中确实有彻底倾向于谈情说爱的部分情感，可是，一旦爱过之后，又是一样四处游荡——因此，在过去，我从未真正爱上过谁。"

他十分缓慢地闭上眼睛，仿佛戏剧结束时拉上了帷幕一般。等他再次开口的时候，他的声音变得更加激动，语速加快，就连那对又大又松垮的耳垂，仿佛也在跟着他的说话声一同颤抖。

"再然后，我就遇见了照片上那个女人。我当时五十一岁，她总是说她只有三十岁。我是在一个加油站里遇见她的，三天之后，我们就结婚了。你知道那是种什么样的感觉吗？我无法向你具体描述，总之，她身上汇聚了我所有美好的情感，我在她身上找到了完美无暇的感觉——终于不再需要四处游荡了，一切都安定了下来。"

讲到这里，男人突然停了下来，摸了摸自己的长鼻子。然后，他压低声音，用一种沉稳的、略带责备的语气说道："我并不是说，这些事情就一定是对的，只不过事情就这么发生了。我内心里那些美好和快乐的感觉，原本都是支离破碎的，但这个女人，她就仿佛我灵魂中的丝线，将这些碎片统统给缝合起来了。她让我变得完整，你明白我的意思吗？"

"她叫什么名字？"男孩问。

"噢，"他说，"我叫她多多。不过那无关紧要。"

"你有试过把她找回来吗？"

那人好像根本没有听见男孩的问话，"就是这样——你现在应该已经能够想象到她离开我时、我心里的感受了吧。"

里昂从烤架上取下烤好的培根，将两片烤培根折叠起来，塞进圆形面包里。他面色灰白，眼睛狭长，鼻梁粗短，整张脸看上去似乎覆盖着一层蓝色的阴影。有个纺织厂工人又要了些咖啡，里昂过去给他倒满了。里昂从来都不会给咖啡免费续杯。这些纺织厂工人，他们每天都在这里吃早饭，里昂愈了解他的顾客，便愈加对他们吝啬。那个工人一小点一小点地啃着自己那份面包，好像舍不得给自己吃似的。

"你再也没有见过她了吗？"

男孩完全不知道应该如何正确看待这个人，此刻，他稚气的脸上写满了好奇与怀疑。男孩才刚开始做报童这份工作，对他而言，清晨时分骑车飞奔在四周一片漆黑的镇子上，仍旧是一种特别陌生的感觉。

“没错，”男人说，“我想了很多办法，希望能够让她回来。因此，我不得不四处去寻找她，我去了塔尔萨市，她有些亲戚原来曾经住在那里。还去了莫比尔港，我去了所有她曾经对我提过的城市，我找了她以前联系过的每一个人。塔尔萨、亚特兰大、芝加哥、切霍、孟菲斯……两年里的大部分时间，我辗转全国各地，四处奔波，不为别的，就是为了找她。”

“但那人肯定已经人间蒸发了！”里昂说。

“别听他的，”男人对孩子耳语道，“前两年的种种经历，也请你干脆不要问，那并不重要。重要的是，在第三年的时候，一些奇异的现象开始在我身上萌芽。”

“什么现象？”男孩问。

男人俯下身来，倾斜杯子，又抿了口酒。然后，他晃了晃酒杯，鼻翼微微翕动，闻到啤酒已经走味之后，便决定不再喝下去了。“爱情刚开始时，是件顶稀奇的事儿。起初我只是想让她回来。那是一种狂热。不过，随着时间推移，我变了，变得只是想要努力去记住她了，但是，你知道发生什么事了吗？”

“不知道。”男孩回答。

“我躺在床上想她，脑中却是一片空白。我已经看不清她的样子了，只好取出她的照片来看。可是，没用——依旧是一片空白，你能想象得到吗？”

“老兄啊！”里昂在柜台里大喊，“你能想象得到，这家伙的脑袋里面是一片空白吗！”

那人像扇苍蝇一样挥了挥手。那双绿色的眼睛，始终盯着报童那张白皙瘦小的脸。

“可是有时，记忆中的片段，就像人行道上的一块玻璃碎片，或者音乐盒里镍片敲打出的一段旋律、深夜墙上的影子一样突然出现。我都记得。那些记忆，可能会在我走在街上时突然出现，一旦记忆复现，我就会嚎啕大哭，难受到用头猛撞柱子。你懂这种感受吗？”

“等于是一块玻璃碎片……”男孩说。

“等于任何东西。我会四处闲逛，完全没法控制自己，不知何时或者何地就会突然想起她来。你可能觉得，在那样的时候，其实是有能力举起盾牌来保护自己的。不过记住，回忆从来都不会对你迎面直击——它们只会从四面八方包围你。最后，我只好任由我所看到、所听到的一切摆布。我猛然醒悟，实际上，并不是我在四处找她，反而是她藏在我灵魂深处，对我穷追不舍——是她在追赶我，你懂吗！在我的灵魂深处！”

男孩终于忍不住了，开口问道：“那你当时到底是在什么地方呢？”

“噢，”男人哀叹道，“我只是个无可救药的凡夫俗子。当时那种状况，就像患了天花一样。我承认，孩子，我酗酒无度，与人私通，那些诱惑着我的罪孽，我全部都犯下了，一项都没躲过。虽然不愿意承认，但我确实这样做了。每当回想起那段日子，我都会觉得糟糕透顶。”

男人低下头，前额撞向柜台，抵在那里。他保持这样的姿势，保持了好几秒钟，弓着腰，看得到他血管根根凸起的后脖颈上，长满了颜色泛黄的肉芽。男人伸出又长又弯的手指，双手合十，摆出祈祷的姿态。然后，那男人重又坐直了身体，微笑着，脸上突然浮现出明亮的色彩，颤动不停，尽显苍老。

“等到第五年时，那件事发生了。”他接着说了下去，“我由此建立起了一套独属于我自己的理论。”

里昂嘴角抽动，发出一声冷漠的讪笑。“好吧，看来我们这群老男孩还年轻着呢。”他这样说道，然后，突然生气地把自己的抹布卷成一团，用力扔在了地板上。“你这个脏兮兮的老情种！”

“发生了什么？”男孩问道。

老人的声音高昂，充满敬意：“宁静！”男人如此回答。

“什么？”

“很难给出合乎科学的解释，孩子，”他说，“我猜，合乎逻辑的解释是这样的——在我跟她相互逃离对方的这么长时间里，我们最终还是纠缠在了一起，躺了下来，达成和解，让一切归于内心的宁静。这是一种古怪又美好的空虚感觉。当时波特兰正值春天，每天下午都在下雨。我整晚整晚地躲在黑暗之中，躺在床上，便得出了这么一套理论。”

街车咖啡馆的车窗是淡蓝色的，泛着浅浅的微光。两名士兵付了酒钱，打开门——其中一名士兵在出门之前梳理一下头发，擦掉了军裤绑腿上的泥。纺织工厂的三个工人默默吃着早餐。里昂的挂钟，正在墙上滴答滴答地走着。

“就是这个。你可要仔细听好了。我反复思索着爱情的真义，并最终得出了结论。我总算明白我们到底错在了哪里。男人们，当他们刚开始坠入爱河时，爱上的究竟是什么呢？”

男孩柔软的嘴唇张了张，却什么也没能回答上来。

“爱上的是一个女人，”眼前这个老人接着说了下去，“没有任何科学理论能够解释，没有任何缘由，他们就此一举陷入到了上帝所创的人世间、最危险也最神圣的体验当中——他们爱上了一个女人。小孩，你说对吗？”

“对吧……”孩子用气若游丝的声音回答道。

“一切从他们陷入热恋时开始。这时就已经错了——他们竟从一段感情的最高潮位置开始。你能想象这是多么可悲的事情吗？你知道人们应该如何去爱吗？”

老人伸出手来，抓住男孩夹克衫的衣领，轻轻晃了两下，他绿色的眼睛一眨不眨地盯着地面。

“孩子，你知道爱情应该如何开始吗？”

男孩有些难为情地坐在那儿，静静聆听，缓缓地摇了摇头。老人靠得更近了，小声说道：

“从一棵树，从一块石头，从一朵云。”

外面仍在下雨，下一场温和的、灰蒙蒙的绵绵细雨。六点，工厂的汽笛鸣响了，三个纺织厂工人付了钱，离开了咖啡馆。此时，除了里昂、老人和小报童外，咖啡馆里再没有其他人了。

“波特兰的天气也是这样。”老人说，“自那时起，我便开始钻研起我那套科学理论来。我苦思冥想，非常谨慎。我会从街上随意带一些东西回家。比如，我买了一条金鱼，然后便把所有心思都放在那条金鱼身上，我爱它。就是这样，通过努力，我逐渐将爱意从一项事物过渡到另一项事物之上，天长日久，我终于逐渐掌握了这项技能。在从波特兰前往圣地亚哥的路上时——”

“噢！快闭嘴吧！”里昂突然尖叫了两声，“闭嘴！闭嘴！”

老人仍旧用手抓住男孩的夹克衫衣领。他浑身颤抖，脸上放光，表情真挚又狂热：“这六年来，我独自一人，四处探寻，努力建立我的理论。如今，小孩，我已成为了这方面的大师。我什么都能爱。我不再需要去对此苦思冥想了。我看到了一条人山人海的街道，内心深处升起一束美丽的光线。我注视天空中的飞鸟。或者，我在旅途中，偶然遇见了某个旅行者。一切事物，小孩，还有——任何人。所有的陌生人，全都爱！我这种理论意味着什么，你意识到了吗？”

男孩感到很不自在，努力控制住自己的情绪，双手蜷曲，紧紧抓住柜台边缘。最后，他开口问道：“你真的找到那位女士了吗？”

“什么？说什么呢，小孩？”

“我的意思是，”男孩胆怯地问道，“你是又爱上了一个女人吗？”

老人松开了之前一直抓住男孩衣领的手。他转过身去，绿色的眼眸中第一次出现了模糊而涣散的眼神。他拿起柜台上的杯子，将黄色的啤酒一饮而尽。他的脑袋不停左右晃动，速度很慢，最后，他终于回答道：“不是的，小孩，你瞧，这正是我这套理论当中的最后一步。我正在实施当中，小心又谨慎。而且，我还没有完全准备好……”

“哎哟喂！”里昂说，“哎哟、哎哟、哎哟喂！”

此刻，老人已站在了敞开的咖啡馆大门前。“记住。”他说。清晨那灰暗潮湿的光线氤氲下，他整个人显得萎缩而憔悴，还有些虚弱。不过，他的笑容依旧明亮。“记住我爱你。”他一边说，一边最后点了一下头。轻轻地关上了门，转身离开了咖啡馆。

男孩沉默了很长时间，他扯了扯自己前额的刘海，脏兮兮的手指摩挲着空杯子的边缘。最后，他终于开口问了一句：

“他喝醉了吗？”提问的时候，他的眼睛并没有看向里昂。

“没。”里昂很简短地答道。

男孩将自己清亮的嗓音提得更高了些：“那他是个瘾君子吗？”

“不是。”

男孩抬起头来，望着里昂，那张扁平的小脸显得非常迫切，声音急促又尖锐：“那他是疯了吗？你觉得他是个精神错乱者吗？”报童的声音突然压得很低，语气里充满了疑惑，“里昂？难道不是吗？”

然而，里昂却并不打算回答他。里昂经营通宵咖啡店生意已经有十四年了，一直努力保持自己对疯狂行为的批判态度。到了夜晚，镇上那些家伙们，还有各路旅客，都会游荡到他的咖啡馆来。他很清楚这类人的狂热。不过，对于眼前这个正在等待答案的孩子，里昂却并不打算满足他的好奇心。他绷紧了自己苍白的脸庞，保持着沉默。

如此这般，男孩只好拉下自己头盔右侧的护耳。转身离开时，为了不被里昂看扁，不被他鄙视，他抛下了这样一句评论——在他看来，只有这句话才最保险：“他肯定是游历甚广。”